暗殺剣

剣客太平記

岡本さとる

時代小説文庫

角川春樹事務所

目次

主な登場人物紹介

峡《はざま》 竜蔵《りゅうぞう》◆三田に師・藤川弥司郎右衛門近義《ふじかわやじろうえもんちかよし》より受け継いだ、
直心影流の道場を持つ、若き剣客。

竹中庄太夫《たけなかしょうだゆう》◆四十過ぎの浪人。筆と算盤《そろばん》を得意とする竜蔵の一番弟子。

お才《さい》◆三田同朋町に住む、常磐津の師匠。竜蔵の昔馴染み。

綾《あや》◆藤川弥司郎右衛門近義の高弟・故 森原太兵衛《もりはらたへえ》の娘。

佐原《さはら》信濃守《しなののかみ》康秀《やすひで》◆将軍からも厚い信頼を得ている大目付。お才の実父だが、名乗っていない。

眞壁《まかべ》清十郎《せいじゅうろう》◆佐原信濃守康秀の側用人。竜蔵の親友。

神森《かみもり》新吾《しんご》◆貧乏御家人の息子。竜蔵の二番弟子。

清兵衛《せいべえ》◆芝神明の見世物小屋〝濱清《はませい》〟の主。芝界隈の香具師《やし》の元締。

網結《あみすき》の半次《はんじ》◆四十絡みの目明かし。竜蔵の三番弟子。

北原《きたはら》平馬《へいま》◆峡道場の新弟子。半次に手札を授ける同心・北原秋之助《あきのすけ》の息子。

津川《つがわ》荘介《そうすけ》◆峡道場の新弟子。新吾の従弟。

笠原《かさはら》監物《けんもつ》◆私塾〝文武堂《ぶんぶどう》〟の塾長であったが、竜蔵に不正を暴かれ追放された。
高家を務める大原備後守《おおはらびんごのかみ》の異母弟。

志津《しづ》◆竜蔵の母。竜蔵十歳の時、夫・虎蔵と離縁。

中原《なかはら》大樹《たいじゅ》◆国学者。竜蔵の祖父。娘・志津と共に学問所を営む。

暗殺剣

剣客太平記

第一話　人のふり見て……

一

「おい、お前らさっきからどういう理由《わけ》があって、おれ達の方をちらちらと見てやがるんだ……」

すっかりと酒に顔を赤らめた大工の兄貴格が、酔いにまかせて凄《すご》んだ。

「馬鹿野郎……。手前らのむさ苦しい顔なんぞ誰が見るもんかい……」

これに左官の兄貴格が、こちらもまた酒の勢いを借りて言い返した。

「何だと……」

「やるってえのかい……」

大工の一団と左官の一団が、互いにいきり立った。

この日は、享和《きょうわ》二年（一八〇二）が明けて間もない、正月の四日であった。

職人達は行事始めで振舞い酒に盛り上がり、互いに繰り出したのが麻布《あざぶ》本村《ほんむら》町の一軒の居酒屋。

常日頃は仕事場で顔を合わすことも多く、それなりに言葉を交すこととてある大工と左官の面々であるのだが、集団でまとまった同士が出くわすと、どうも衝突したくなるのが男の悪い癖である。

それぞれ酒が入って盛り上がると、だんだんと張り合う気持ちが起こってきたのだ。

大工組と左官組は立ち上がるや、腕まくりをして睨《にら》み合う。

居酒屋は十坪を越える入れ込みがあるなかなかに大きな店で、これがまた荒くれ達の気持ちを大きくしたようだ。

「まあまあ……」

店の親爺《おやじ》が堪《たま》らずに出てきて、

「まあまあ兄さん方、新年早々喧嘩《けんか》を始めたりしてどうするんだい。まず落ちついて座っておくんなさいまし……」

と、二組の勇み肌を宥《なだ》めにかかったが、

「父つぁん、引っ込んでてくんな」

「新年早々、こんな奴らを恐れて引いたと思われたら片腹痛えや」

などと、大工、左官共に吠《ほ》えたて一旦《いったん》燃え上がった喧嘩の炎《ほむら》は収まることをしらなかった。

居酒屋には他にも客がいる。

しかし、ほとんどが二、三人連れで、こちらも職人風のいかにも喧嘩好きのような顔ぶれであるから、おもしろがって止めようとしない。

「ああ、まったく困ったもんだ……」

まあ、喧嘩をするのが大工と左官であるから、少々店が壊れたとて修繕してくれるであろうと、居酒屋の親爺が諦《あきら》めかけた時であった——。

「うるさい！」

雷のごとき一喝が店の中に響き渡った。

声の主は、大工、左官の二組が来る前から、店の隅で一人酒を飲んでいた浪人風の男である。

三十を過ぎたくらいであろうか、肩幅の広いなかなかにがっちりとした体格で、この武士の一喝にはえも言われぬ凄味があった。

「酒がまずうなるわ。いい加減にしろ……」

武士は自らも立ち上がり、大工と左官の若い衆達を睨みつけた。

「職人同士が喧嘩して、怪我《けが》でもすれば普請場はどうなる。なにが江戸っ子だ。ただの馬鹿野郎だ！」

大工組と左官組は、この武士の俄《にわか》な登場に気勢をそがれた。

気の荒い職人達が両者合せて十人ばかり——。

その勢いは武士であろうと止められるものではない。よほど腕に覚えがあるゆえの一喝なのであろう。

「こいつはいけねえ……」

うるさいと言われて、三一《さんぴん》は引っ込んでやがれという表情を浮かべ、一旦は武士に向き直った大工の兄貴分が武士の姿を見るうちに慌てだした。

「こいつは、お騒がせ致しやした……」

いきなり平身低頭の態を見せる大工の兄貴分を、左官の兄貴分は怪訝《けげん》な顔で見た。

「おう、いってえこの侍がどうしたんだ」

「ほら、三田《みた》二丁目の……」

大工の兄貴分は小声で言った。

「三田二丁目の……。まさか……」

左官の兄貴分も、はっとして思わず声が小さくなった。

「左官屋、なんだお前、知らねえのかい」

「馬鹿野郎、知らねえはずはねえだろ……」

左官は強がるように言うと、

「すぐに手打ちを致しますんで、許してやっておくんなさいまし……」

と、武士に向かって小腰を屈《かが》めた。

「何をごちゃごちゃ言っているのだ。すぐに手打ちをしろ」

武士はいらいらとして言った。

「わ、わかりやした……。すぐに手打ちとめえりやすんで、その……」

「中に立ってやっておくんなさいまし」

大工と左官はたじたじとなって言った。

もう、この頃には大工、左官の両者全員が武士の前で畏《かしこ》まった。

「中に立てだと？　仲裁をしろということか……」

武士はちょっと困った顔をして言ったが、

「へい。峡《はざま》の旦那《だんな》に喧嘩の仲裁をされた時は、互いにすべてを水に流し、とことん飲んで兄弟分の契りを交す……。そういうことでござんしょう」

「とにかく今宵は、とことん付き合ってやっておくんなせえ……」

大工、左官の職人達は一斉に頭を下げた。

——何だ。三田二丁目の峡竜蔵《りゅうぞう》とかいう馬鹿みてえに強いってお人はこのお武家さんだったのか……。

地獄に仏とはこのことだ——居酒屋の親爺はほっとして、こいつは忙しくなるぞとばかりに大張り切りで板場へと入った。

二

麻布の名もなき居酒屋で、そんな騒動が起こった翌日のこと。

三田二丁目の直心影《じきしんかげ》流・峡竜蔵の道場に、日暮れ時となって芝神明《しばしんめい》の見世物小屋〝濱清《はませい》〟の若い衆・安《やす》が訪ねてきた。

〝濱清〟の小屋主にして、芝界隈《かいわい》を縄張りとする香具師《やし》の元締・浜の清兵衛《せいべえ》からの託《ことづ》かり物を届けにきたのである。

清兵衛も、届けにくる安もいつも訪ねてくる間合が絶妙で心地よい。

ちょうど稽古《けいこ》が終わる直前にきて、少し道場の様子を見た後、竜蔵に恭しく、出入口から頭を下げるのである。

「いや、道場の方もますますお盛んで、何よりのことにございますねえ……」

安はにこやかに彼を迎えてくれた竜蔵に、感慨を込めてつくづくと言った。

竜蔵に初めて会った頃はというと、この道場には竜蔵の他には誰もいなかった。

それが今は、竹中庄太夫《たけなかしょうだゆう》、神森新吾《かみもりしんご》、目明《めあ》かし・網結《あみすき》の半次《はんじ》に加えて、北原平馬《きたはらへいま》、津《つ》川壮介《がわそうすけ》という若い剣士が稽古に励んでいるし、今日は、直心影流の桑野《くわの》益五郎《ますごろう》、中《なか》川裕一郎《がわゆういちろう》といった剣客達も竜蔵に手合せを願いにやってきていたので、その活気を見るや隔世の感さえ覚える。

「はッ、はッ、お盛んというと恥ずかしいけどよう。安、今日はいってえ何を持ってきてくれたんだい」

「ちょいと好《い》い鯛《たい》が入りましたんでね、塩焼きにして持って参りやした」

「そいつはありがてえ、親方によろしく伝えてくんなよ……」

道場の格はあがったが、竜蔵の親しみ易さは相変わらずである。好物の鯛を前に無邪気に喜ぶ様子を見ていると、安は堪らないほどに嬉《うれ》しくなってくる。

「昨夜はまた派手に気持ちよく一杯やっていたようで……」

「さあ、気持ちよくってえほどじゃあねえが、三ガ日も過ぎたことだし、ささやかにな」

「またまた、何がささやかなもんですかい」

「そうかい」

「そうでやすよ。色々話はお聞き致しやしたよ。お偉え先生になったって、やっぱり旦那はこうでなくっちゃあ」

「おい、安、お前、何をわけのわからねえこと言っているんだよ」

「おっと、こいつは無駄口が過ぎやした。近々また釣をご一緒してえと、親方が言っておりやしたよ。気が向いたら寄ってやっておくんなさいまし」

安は、〝昨夜のこと〟を少し冷やかすように伝えると、慌《あわただ》しく竜蔵の前から立ち去った。

「おかしな野郎だな……」

竜蔵はふっと笑うと、

「庄さん、後で皆で軽く一杯やるか……」

鯛を掲げて見せた。

「ほう、これはまた立派なもので……」

庄太夫は、また三ガ日に戻ったみたいだと鯛を見て喜んだが、今の竜蔵と安の会話がどうも嚙《か》み合っていなかったことが気になった。

竜蔵も安も細かいことは気にならぬ性分であるから、〝あれ〟と言われれば〝あのこと〟かと勝手に解釈して、適当に笑い合ってその場を終えるきらいがある。

もちろん、昨日の晩、竜蔵が派手に飲んでいようが、ささやかに飲んでいようが、どうでもいいことなのであるが、何故《なぜ》か知らねどこの時の二人の会話に引っかかりを覚えた庄太夫であった。

庄太夫のこういう心の引っかかりは、後になって何らかの結果となって顕《あらわ》れることが多いのだが、この度もまたそれが現実のものとなった。

峡道場に安が鯛の塩焼きを届けてくれてから数日後のこと。

竹中庄太夫は、朝から高輪《たかなわ》泉岳寺にほど近い〝まつの〟という休み処《どころ》へと出かけた。

この茶屋の品書きやら、障子の看板字などを、代書屋の内職として任されてもう三年近くにもなる。

今では峡道場の用度を仕切る身となった庄太夫であるが、出稽古の回数も、門人も僅《わず》かながら増えてきた峡竜蔵とはいえ、依然、その台所事情は苦しい。

庄太夫も時折竜蔵から、

「これっぽっちですまねえが、暮らし向きの足しにしておくれ……」

と、幾ばくかの金子《きんす》を支給されることもあるものの、まだまだ代書屋はやめられない。

特に〝まつの〟へ品書きの短冊を届けるのは、内職を離れて庄太夫の密《ひそ》かな楽しみとなっていた。

ここの女将《おかみ》はお葉《よう》という三十過ぎの後家で、きりりとした顔立ちは健康的な色香に溢《あふ》れ、

「先生のお手は、何だか優しくてよろしゅうございますねえ……」

と、短冊を持っていく度に、これをしげしげと眺め、うっとりとした声を発してくれる。

その時のお葉の少女のように弾んだ声と仕草を見ていると、庄太夫は堪らなく幸せな気分になるのである。

「これは先生、お寒い中わざわざありがとうございます……」

この日もお葉は庄太夫を見かけるや、明るい声で迎えて、短冊の字にいつものように満足してくれたし、ここでお葉を手伝うおかちは、庄太夫が床几《しょうぎ》に腰をかけると熱い茶と名物の串《くし》団子を出してくれた。

お葉はこの間、庄太夫の横に腰を下ろしてあれこれと話しかける。

優しげで、語る話にそこはかとなく蘊蓄《うんちく》のある竹中庄太夫のおとないを、お葉もまた楽しみにしているようだ。

こうなると口説き文句のひとつも言えばよさそうなものだが、庄太夫はというと、

――もしやお葉は、自分に気があるのではないか。

などと、どきどきと胸を高鳴らせることが楽しいのであって、それを確かめてしまっては何もおもしろくないと思っている。

ともあれ、庄太夫にとっては至福の一時が流れていたのだが、

「やあ、平《へい》さん、来ていたのかい……」

何とも無粋な声が邪魔をした。

庄太夫を〝平さん〟と呼ぶのは、近くの牛町《うしまち》にある口入屋《くちいれ》〝真砂屋《まさごや》〟の親方・由五《よしご》郎《ろう》であった。

成人するまでの庄太夫は、平七郎《へいしちろう》という名であった。そして子供の頃は、この由五郎に〝ぼうふり〟と言われてひどく苛《いじ》められていた。

〝ぼうふり〟つまり蚊の幼虫になぞらえられるほど、子供の頃の竹中庄太夫は〝蚊蜻《かと》蛉《ぼ》〟のような体付きである今よりもなお弱々しかったのだ。

それが四十二歳となった三年前の秋――ちょうど、この〝まつの〟で再会して、庄太夫は調子に乗って喧嘩を売ってくる由五郎を、剣の師で喧嘩の達人・峡竜蔵の力を借りて震えあがらせ、見事に昔の仕返しを果した。

その後は由五郎も峡竜蔵の男気と腕っ節に心酔して、その一番弟子である庄太夫に

も、

「昔のことは謝まるから、改めて友達付き合いを願えてぇ……」

と何度も頭を下げてきたので、庄太夫も快くこれを受け、

「平さん」

「由さん」

と呼び合う仲となっていた。

平七郎時代に苛められていた相手から、平さんなどと親しみをこめて呼ばれると、暗い過去の思い出も消えていくというものだ。

顔も見たくなかった由五郎と顔を合わすことが、今では心地よくなってきているのだから、人生というものは真《まこと》におもしろいと庄太夫は思っている。

とはいえ、由五郎のがさつさは大人になった今も変わらない。せっかくのお葉との一時に友達面をして割って入ってきて、迷惑この上ない。

「何だ、由さんかい。正月早々、いかつい顔を見てしまったよ」

それでも友達は粗末には出来ぬと、庄太夫は憎まれ口をたたきながら、由五郎を床几の横に誘った。

「いやいや、ちょうどよかったよ。ちょいと平さんに話してえことがあったんだ」

その途端、お葉は気を利かせて庄太夫の傍《そば》をそっと離れた。

「話したいこと……？」

どうせ大したことでもあるまいに――庄太夫は少し仏頂面で由五郎を見た。

「この前、旦那のことで聞き捨てならねえことを吐《ぬ》かしやがった野郎がいてよう」

「旦那のことというと、峡先生のことかな」

「そうなんだよ」

「それは聞き捨てならぬな。何と吐かしやがったんだい」

峡竜蔵の話題となると、庄太夫も目の色を変えた。

「旦那が近頃、ただ酒を飲みにくるんで居酒屋の親爺がぼやいているって……」

「何だと……！　うちの先生は、そんなしみったれたことをするお人ではないわ」

「そうだ、その通りだよ。だからおれも、ふざけたことを吐かしゃあがると、ただじゃおかねえぞと言って、その居酒屋まで乗り込んでやったんだ」

「そうか、そりゃあ由さん、よくやってくれたな」

「あたぼうよ……」

由五郎は胸を張った。

そこで居酒屋の親爺が言うには、数日前に店で客同士が酔って諍《いさか》いを起こしたとこ

ろ、

「おう、やめねえか。仲裁は時の氏神だ。この喧嘩はおれに預けてくんな」

と、一人の武士が割って入って、たちどころに喧嘩を収めた。

その時、武士は、

「おれは三田二丁目の峡竜蔵ってもんだ」

と名乗ったという。

その場は手打ちとなり一同は派手に飲んでくれたのでよかったのだが、その翌日、再び店に峡竜蔵が現れ、

「ああいう奴らのことはおれに任せておけばいいさ」

などと胸を叩《たた》いて酒を注文し、しこたま飲んだ。

昨夜のこともあるので、店の親爺としては代を払ってくれとも言えず、そのまま店のおごりにしたのだが、すると竜蔵は次の日にも現れてまた同じように飲んで、ふらっと帰っていったらしい。

「まあ、その二日だけのことだったそうなんだが、峡竜蔵ってえのは気風《きっぷ》の好い男だと聞いたが、こんなものかい……。なんておもしろおかしく言う奴がいたってわけだよ」

由五郎は忌々《いまいま》しそうに言った。

「う〜む、これは由さん、好い事を教えてくれたね。確かに聞き捨てならない……」

「そうだろう」

峡竜蔵は大ざっぱなところはあるが、二日続けて店の厚意に甘えるようなけちな男ではない。ここは真相を探り、しかるべき処置をするからまずは騒ぎ立てずに様子を見ておいてもらいたいと言い置いて、

「女将、毎度忝《かたじけな》い……」

庄太夫はそそくさとその場から立ち去ったのである。

三

竹中庄太夫は貧弱な体に似合わぬ健脚ぶりを発揮して、それから浜松町《はままつ》四丁目の煙《タバ》草《コ》屋・丸半《まるはん》を目指した。

ここは峡道場において、庄太夫の相弟子である網結の半次が、女房のお政《まさ》に任せている店で、その奥に半次の住まいがある。

今日は朝のうちにお上の御用をすませてから道場に来ると言っていた半次であるから、一度家に戻るであろうと推測してのことであった。

煙草屋へ行くまでもなかった。

芝口橋にさしかかったところで、橋の向こうから半次がやってきた。

「親分……、ちょうどよかった……」

庄太夫は橋の袂《たもと》に半次を引っ張っていって、待ち切れぬとばかりに、

「どうやら峡先生の偽者が現れたようだ……」

小声で言った。

庄太夫は、先日の竜蔵と鯛を届けにきてくれた安との嚙み合わない会話と、先程〝まつの〟で真砂屋由五郎が憤っていた噂話《うわさばなし》を照らし合せるに、峡竜蔵の名を騙《かた》る者がいるに違いないと断じたのである。

「なるほど、竹中さんの言う通りだな」

半次も庄太夫の推測に同感であった。

「まあ、先生もそれだけ名が売れたってことだが、人の名を騙ってただ酒にありつこうなんて、まったくしみったれた野郎ですねえ」

「ただでさえ、暴れ者だと噂をされて、なかなか入門を望む者が増えないというのに、飲み屋の厚意につけこんで払いを踏み倒すなどと言われては真に迷惑だ」

二人は神妙な表情で頷《うなず》き合った。

「この話はまだ、先生のお耳には入れぬ方がよいと思うのだが」

「そいつは確かに……。このところは分別がついて落ち着きが出てきたといったって、うちの先生は頭に血が昇ったら何をやらかすかわからねえ。ようござんすよ。あっしがまず調べてみやしょう」

「そうしてくれるかな」

「ヘッ、ヘッ、先生の心配事をしている時が何よりも楽しゅうございますからね」

半次はニヤリと笑うと、同じ想《おも》いの庄太夫と別れて、たちまち人込の中へと消えていった。

腕っこきの目明かし・網結の半次の手にかかれば、このような調べ事はすぐにすんだ。

その翌日の昼下がりのこと。

半次はこの日も御用の節があると、道場には顔を見せず、代書の用があると言って抜け出してきた竹中庄太夫と、芝神明のそば屋で密かに会った。

「やはり竹中さんの言う通り、先生の名を騙るふてえ野郎がいるようですぜ……」

開口一番、半次はそう言った。

あれから半次は、まず見世物小屋〝濱清〟に安を訪ね、先日道場に鯛を届けてくれ

た折、

「昨夜はまた派手に気持ちよく一杯やっていたようで……」

などと竜蔵に言っていた真意について質《ただ》してみた。

すると、安が言うには明けて正月の四日の夜、麻布本村町の居酒屋で、酒に酔った大工と左官の集まりが今にも喧嘩になるところを、たまたま店に居合せた峡竜蔵が間に入って、無事何事もなく手打ちの運びになったというのだ。

「四日の夜に麻布の居酒屋で先生が喧嘩の仲裁を?」

「そこに居合せた客が安の知り人で、これが神明の〝濱清〟の前を通りかかった時にそんな話をしたらしいんで」

「そうであったか、それで話がどうも嚙み合わなかったのだな……」

庄太夫は顔をしかめた。

四日の夜、竜蔵は昔馴染《むかしなじみ》の妹分である常磐津《ときわず》の師匠・お才《さい》を行きつけの居酒屋〝ごんた〟に誘って一杯やっていた。

これには庄太夫と神森新吾も同席して楽しくやっていたから、安はそのことを聞きつけて、

「派手に気持ちよく一杯やっていたようで……」

などと言っているのであろうか、と庄太夫は解釈していたのであるが、どうもしっくりとこなかったのは、安がこのことを言っていたからなのだと今納得させられた。

さらに、半次は真砂屋由五郎が乗り込んだという二本榎《にほんえのき》にある店も訪ねてみたが、この店の親爺が語った〝峡竜蔵〟の特徴は、麻布本村町の居酒屋の親爺が語ったそれと同じで、背格好、物の言い方に至るまで、本物とそっくりであった。

〝峡竜蔵〟が二本榎でただ酒を飲んだという夜の、本物の竜蔵の動きは庄太夫も半次も把握していなかったから、

「もしや……」

とも思われたが、

「こっちに現れた峡竜蔵も、偽者には間違いありやせんよ。何故ならその峡竜蔵は、うまいうまいと大根のなますを食っていたってえますからね」

「大根のなますを、うまいと……。それは偽者に違いない」

庄太夫は大きく頷いた。

峡竜蔵は、鮨《すし》は食べるが野菜の酢の物が苦手なのである。

子供の頃、母の志津《しづ》が何とか食べさせようとしたが、竜蔵は大根のなますを食べるのが嫌さに一度家出をしている。

「怪《け》しからぬ。真に怪しからぬ……」

やがて庄太夫の顔には怒気が浮かんだ。

何とかして峡道場の名声を世に知らしめようとしている竹中庄太夫にとっては、許し難い輩《やから》であった。

偽峡竜蔵は、あらかじめ本物が出入りしていない店かどうかを確かめておいて、喧嘩が起こりそうな様子が見られたら、さっと店に入り仲裁の押し売りをするのであろう。

そこは喧嘩好きの江戸っ子のことだ。方々で揉《も》め事のひとつやふたつは必ず起こるから、ただ酒にはすぐにありつけるというわけだ。

喧嘩を収めると、翌日にまたその店に行って酒を飲む。店の方としても、荒くれがその名を聞いただけで大人しくなってしまう男のことだ。機嫌を損ねたくはないから催促もしない。

そして偽者は、ぼろが出ないうちに遠く離れて尚《なお》、峡竜蔵の威光が届いている店へと行くわけだ。

「これは一刻も早く見つけ出さねばなるまい……」

庄太夫は頭を捻《ひね》ったが、知恵者であるこの男とて、神出鬼没の偽峡竜蔵を捕える妙案はすぐには出ない。

「親分に頼るしか能はないが、いかがなものであろうな……」

「竹中さん、この網結の半次にかかっちゃあ、そんな野郎を見つけ出すなんざあ、いかほどのもんじゃあござんせんよ」

網結の半次は不敵な笑みを浮かべた。

「いや、まったく親分が道場にいてくれて、これほど心強いものはない」

庄太夫は半次を頼もしそうに見て頭を下げてみせた。

「よしておくんなせえよ。これがあっしの楽しみなのでございますから」

半次の不敵な笑いは照れ笑いに変わった。

「平馬殿にも手伝ってもらえばよろしいのでは……」

「なるほど、それはようござんすねえ、さすがは竹中さんだ。そういたしやしょう」

半次の目が輝いた。

平馬は去年の冬に峡道場に入門した若き剣士である。目明かし・網結の半次に手札を授ける北町奉行所同心・北原秋之助《あきのすけ》の息子で、十六になったばかりであるが、すでに見習いとして奉行所に出仕している。

旦那の秋之助からも、

「探索の仕方であるとか、世間というものを倅《せがれ》に教えてやってくんな……」

などと言われていた半次であったから、好い機会というものだ。

ともあれ二人の話がまとまって、そばを啜《すす》って店を出ようとした時であった。

「お代はあちら様より頂戴しております……」

と、店の女中が二人に言った。

「あちら様……？」

庄太夫と半次は、女中の視線を追った。

すると、少し離れた土間の床几に腰かけて、温かいそばを食べている武士の後姿が見えた。

武士は背中に二人の視線を覚えて振り返ると、楽しそうに笑った。

「このおれに気付かなんだとは、さすがのおぬしらもよほど話に耽《ふけ》っていたようだな……」

「こ、これは、赤石《あかいし》先生……」

庄太夫は目を丸くした。

「いや、こいつはあっしとしたことが……」

半次は頭を掻きつつ、その目に感動を浮かべた。赤石先生というのは他でもない、直心影流十一代的伝《てきでん》・赤石郡司兵衛《ぐんじべえ》という大師範であったからだ。

峡竜蔵が、故・藤川弥司郎右衛門《ふじかわやじろうえもん》の弟子となった時、弥司郎右衛門はすでに高齢であったから、その道統を受け継いだ高弟・赤石郡司兵衛は竜蔵にとって兄弟子というのも畏《おそ》れ多い存在である。

ましてやその竜蔵の弟子で、日頃は〝年寄りを労《いたわ》るつもりの稽古〟をつけてもらっている四十男の二人にとっては、このように気軽に声をかけてもらえることすら名誉なことであるのだ。

「いや、驚かせてすまなんだ。店の表を通りかかれば見た顔がいて、何やら難しい顔をして談合をしている由、それがどうも気になってな……」

剣をとっては恐いもの知らずの峡竜蔵さえ畏怖《いふ》を覚える郡司兵衛であるが、身には一流の長である威徳が備っていて、平生は真に穏やかな風情である。

「それは畏れ入りまする。いや、大したことでもないのでございまする」

庄太夫は笑顔で応《こた》えたが、物事に長《た》けた庄太夫も、郡司兵衛の前ではごまかしが利かない。

「ふッふッ、竜蔵がまた何かをしでかした。大旨、そのようなところであろう」

そう言われると、庄太夫は竜蔵を庇《かば》う気持ちと相俟《あいま》って、

「いえ、しでかしたのではなく、しでかされたのでござりまする」

と、思わず応えていた。

「しでかされた……？　これはおもしろそうな。話を聞かせてくれぬか」

郡司兵衛は、日頃〝困った奴だ〟と竜蔵をよく叱《しか》りつけているが、息子くらいの年代のこの弟弟子のことが、どうも放《ほう》っておけないのである。

「御所望とあればお話し致しましょうが、先生にお聞き頂くには、あまりにも下らぬ話でございまして……」

「竜蔵のその下らぬ話が、どういうわけか近頃おもしろうてな……」

こう言われては是非もない、再び座り直して声を潜め、偽峡竜蔵についての一件を網結の半次の報告を交え話したところ、

「はッ、はッ、これはよい、竜蔵の偽者がのう……。是非そ奴をこの目で見てみたいものじゃ」

郡司兵衛は腹を抱えて笑った。

そして、やがて笑い止《や》むと、郡司兵衛は少し思い入れあって、

「親分、その偽者が見つかったら、竜蔵に報《しら》せずにまずこの郡司兵衛に報せてくれぬかな」

と、にこやかに半次を見た。

「へい、そりゃあようございますが……」

半次は畏まったが、郡司兵衛の真意を計りかね、その表情はきょとんとしていた。

「ちとおもしろいことを思いついたのだ」

「おもしろいこと……」

庄太夫と半次は顔を見合ったが、穏やかな笑みを浮かべる赤石郡司兵衛を前にすると、とてつもなく頼もしい助《すけ》っ人《と》を得た心地がして、体の内がぽかぽかと温かくなってくるのであった。

四

その次の日から、網結の半次は見習い同心・北原平馬と共に、麻布界隈を歩き回った。

自身番を巡って、そこに詰めている家主などに、

「この辺りに、歳《とし》は三十くらいで、それほど背は高くはないが肩幅が広くて、体つきがいかにも頑丈そうで、やや細面だが、なかなかに鋭い顔付きをした浪人者はおらぬかな……」

と、峡竜蔵の特徴を平馬が訊《き》くのである。

「いや、先だって盗人を捕えた折に、今申したような武士が助勢をしてくれたのだ。ところが盗人を引っ括《くく》っている間に、その武士は名乗りもせぬままにいなくなってしまってな……」

それゆえにその時の礼が言いたくて、方々尋ね回っているのだと若い平馬が言うと、皆感じ入って、次々と情報を提供してくれた。

網結の半次は、偽峡竜蔵がこの辺りに住んでいると見ていた。

麻布本村町の居酒屋の親爺に話を聞いたところでは、偽峡竜蔵は喧嘩の仲裁をした時、自ら名乗らなかったという。

まず大工の兄貴格が、

「こいつは、お騒がせ致しやした……」

と畏れ入って、これに左官の兄貴格が同調して、峡の旦那の前で喧嘩は出来ないとばかりに手打ちになった。

その時、〝峡竜蔵〟は少しばかりきょとんとした表情を浮かべていたが、やがて大工と左官の衆に崇《あが》められ、機嫌よく手打ちの宴に付き合ったそうな。

これを思うに、偽者は大工と左官の勘違いから、自分が峡竜蔵に見間違えられたことに味をしめ、以後竜蔵に成りすましてただ酒を飲み歩いているのではないか——。

とすると、偽者は麻布周辺に住んでいる。竜蔵によく似た酒好きの浪人であるに違いない。

半次はそう推測したのである。

それで、北原平馬について麻布界隈を歩いてみたのだが、幸いなことにこの辺りは武家屋敷と寺がほとんどの土地を占めていて町家は少ない。

本村町の周りとなると、宮下町、長坂町、南北の日《ひ》ヶ窪《くぼ》町、少し行って六本木町、飯倉片町《いいくらかたまち》といったところになろうか。かなり探索の範囲が狭まってくる。

そしてついに、平馬の問いに、

「ああ、それなら富田《とみた》の旦那かもしれませんねえ……」

と、答える家主が現れた。

件《くだん》の居酒屋があった本村町から、やや北へと行ったところにある長坂町の稲荷裏の長屋に住む、富田巳喜蔵《みきぞう》という浪人がそのような特徴にぴたりと当てはまるというのだ。

「ほう。左様か、ならば訪ねてみると致そう。いや、忝い……」

平馬は十六歳にしては、なかなかに落ち着いた物言いをする。

半次からこの度の探索について持ちかけられた時は、師の名を騙る不届き者はこの手で見つけてやると、意気込んだ平馬であった。

この家主があれこれ騒ぎ立てても困るので、半次は平馬と一旦家主がいた自身番を出て、少しばかり間をあけてから、

「早速尋ねて、姿を見かけたが、似ているものの別人であった。手間をかけたな……」

と、まず断りを入れておいてから、富田巳喜蔵の姿をそっと見に行った。

長屋はどこにでもある裏長屋で、方々で炊《かし》きの煙が上がっていた。

なめくじが這《は》うようなひどい所ではなく、裏手には僅かばかりの小庭もあるようだ。

せめてもの浪宅としての見栄なのであろうか。

見習い同心姿の平馬は裏手へと回り、長屋へは半次が入り、知り人を捜している町の者を演じてそれとなく様子を見たところでは、富田は妻との間に子供が三人いて、日頃は蠟燭《ろうそく》問屋へ出向いて、蠟燭の芯《しん》作りに励んでいるらしい。

よくある武士の内職であるのだが、狭い長屋に妻と子供が三人いては気も滅入るのであろう。毎日のように出勤しているというわけなのだ。

「平馬さん、もうすぐ帰る頃だというから木戸の傍にいて見てみやしょう」

半次は平馬を伴って、木戸口が見える所にあった絵草子屋へ入ると、近頃の流行《はや》りはどんなものだと店の主に軽口を叩きながらその時を待った。

すると、しばらくして、一人の浪人者が木戸を目指してやってくるのが見えた。

「ふッ、ふッ、平馬さん、あの浪人に間違いありやせんよ……」

探索の間は滅多と笑わぬ半次が笑いを堪《こら》えて平馬に囁《ささや》いた。

「ふッ、ふッ、確かに間違いありませんね……」

平馬もまた、浪人の姿を見るや、絵草子で顔を隠して笑いを押し殺した。

木戸へ向かって歩いてきた浪人は、背恰好《せかっこう》といい、頬骨《ほおぼね》の出方といい、真に峡竜蔵に似ていた。

だが、よく似ているものの、本物と比べると、どうも間延びしていておかしいのだ。

だいたいの場合、人は知り合いによく似ている者を見ると思わず笑ってしまうものだが、網結の半次でさえ堪えられないのである。若い平馬にしてみればおかしくて堪らなくなるのも無理はない。

果して峡竜蔵によく似た浪人は長屋の内に入り、富田巳喜蔵の浪宅の中へと消えていった。

あとはこれを確かめるだけである。

半次がその後聞き込んだところでは、富田巳喜蔵は酒好きで、日頃は大人しく蠟燭の内職の腕もなかなかのもので、

「いっそ窮屈な武士など捨てて、蠟燭職人一筋で生きたらどうなんです……」

などと問屋の主《あるじ》に言われているくらいだそうな。

それゆえに浪人の身ではあるが、今までの貯《たくわ》えもそれなりにあるようだし、妻女のかめも気丈で、近くの手習い所を借りて商家の娘達相手にお針の教授などもしているので、暮らし向きには困っていないようだ。

しかし、酒を飲むと日頃の抑圧から解放されるのであろうか、やたらと気が大きくなり、妻女のかめと喧嘩をして長屋を飛び出し、どこかへ飲みに出かけることもしばしばで、このところは夫婦仲もうまくいっていないのではないかという。

若き同心と腕利きの目明かしは、稲荷社の片隅で次の手を打つべく談合した。

「平馬さん、夫婦喧嘩のあとに長屋を飛び出せば行く先はひとつでしょう」

「はい、酒場ですね」

「そこで、気が大きくなって峡先生の真似《まね》をした……。考えられねえこともありませんぜ」

「夜の暗さだと、出来そこないも本物に見えるのかもしれません」

「はッ、はッ、平馬さんも言いますねえ」

「さて、どうやって確かめたらよいものやら……」

平馬は少し格好をつけて腕組みをした。

「明日の朝、蠟燭問屋に出かける途中を捉《とら》えて、鎌《かま》をかけてやりましょうぜ」

北原の旦那も、なかなか好い息子を持ったものだと内心喜びつつ、半次は平馬に知恵を授ける。

「なるほど、峡の旦那、喧嘩の仲裁をお願い致しやす……。などと持ちかけるのですね」

平馬はニヤリと笑った。

「へッ、へッ、さすがは八丁堀育ちでございますねえ、よくおわかりで……」

半次は満足そうに頷《うなず》いた。

翌朝となって、半次と平馬は職人風の出立《いでた》ちで、飯倉片町にあるという蠟燭問屋へと出勤する富田巳喜蔵を、大長寺の門前で待ち構えた。

峡道場で剣を学べば、やがては隠密廻りの同心として活躍を期待されることになるやも知れぬ北原平馬である。

変装もまた修行だと、ちょっとばかりはしゃいでいる。盲縞《めくらじま》の腹掛股引《ももひき》に印半天を引っ掛けた姿もなかなかに似合っていて、古手の職人に見習いがついて歩いている——そんな風に、半次と平馬は人目に映った。

あれから、富田巳喜蔵が夜に外出をしないか、半次は乾分《こぶん》に見張らせたが、昨夜は大人しく家にいたようだ。

となると、巳喜蔵が偽者ならば、今日あたり誘いをかければのってくるのではないか——。

「来やしたぜ……」

寺の門の脇に身を寄せて、二人はそっと南からやって来る浪人者の姿を確かめた。

富田巳喜蔵である。

少し肩を怒らせて大股《おおまた》で歩く様子も、峡竜蔵に好く似ている。

半次と平馬は笑いを堪えると、道へと出て巳喜蔵とすれ違いざまに、

「おっと、こいつはいいところでお会い致しましたよ……」

半次が声をかけた。

「はて、どこぞで会《お》うたかのう……」

巳喜蔵はいきなりのことに意外や甲高い声を発して小首を傾《かし》げた。

傍でよく見ると、峡竜蔵にそれほど似ていると思われなかった。

だがそれは、半次と平馬が毎日のように竜蔵に会っているからであり、少し顔をしかめて小首を傾げる仕草など、思わず笑ってしまうほどに似ているこの浪人を、一、二度竜蔵の姿を見かけたことがあるくらいの者ならば、見間違えるのも無理はなかろう。

「いやですよう旦那、この前本村町の居酒屋で喧嘩の仲裁をして下さったでしょう」

半次はまず鎌をかけた。

「あっしと兄ィは喧嘩の場にはいなかったんですが、あとの手打ちに顔を出させていただきやした。いや、あん時はろくにお話しもできずに悔しい想いをしておりましたが、こんなところで峡の旦那にお目にかかれるとは、ほんに嬉しゅうございます……」

平馬が見事に若い衆の様子を演じて、半次に続いた。

「うむ……？　おう、そうかい、あん時の……。いや、喧嘩にならなくて何よりだったな……」

富田巳喜蔵は、途端に甲高かった声を、竜蔵ばりの低い野太い声に変えた。

いきなりの声変わりがおかしくて、半次と平馬は込み上がる笑いを、畏まって下を向くことで一瞬堪えた。

骨格が似ているると声も似るのであろう。巳喜蔵の低い声は、竜蔵のそれとよく似ていた。

ともあれ、これで偽峡竜蔵の正体が明らかとなった。網結の半次ならではの手際のよさである。

しかも、半次と平馬の顔を見て何も気付かぬということは、巳喜蔵は峡道場のことはよく知らぬと見える。そして、

――存外に、悪い奴でもなさそうだ。

凶悪な男を何人も見てきている半次にはそう思えたが、もちろんこれを見逃すわけにはいかない。

「旦那、つきましてはまたひとつ、お願いがあるんでございますがねえ……」

網結の半次は、先日、赤石郡司兵衛と約した策略に向けて二の矢をつがえた。

北原平馬はその後網結の半次と別れて、昼から三田二丁目の峡道場の稽古に出た。

その際、竹中庄太夫に、

「万事、親分の思うがままに事は運んでおりまする……」

と、耳打ちをしたのだが、

「おう、平馬、近頃はお勤めご苦労だな！」

峡竜蔵に低い野太い声をかけられると、また笑いが込み上げてきて、畏まって下を向いて堪えた。

そこからは猛稽古に励むことで笑いはすべて吹きとんだのであるが、稽古が終る頃となり、赤石郡司兵衛がただ一人でぶらりとやってきて、これに面喰《めんくら》う竜蔵に、

「竜蔵、すっかりと剣術師範らしくなったではないか、喧嘩の仲裁に明け暮れていた頃が今では懐しいのう」

などと言って笑うものだから、思わず防具の面の中で吹き出してしまった。

竜蔵は、早速郡司兵衛を母屋の居間へと請じ入れ、これに庄太夫が付き添った。

道場には若い門人三人が残ったのであるが、

「おい、平馬……」

神森新吾が、少し睨むように平馬を見た。

「はい……」

平馬は、綻《ほころ》んだ顔の筋肉を引き締めようとしていたのだが、兄弟子に詰《なじ》るような一声を浴びせられ、はっとして平静を装った。

「お前、何か隠し事をしているな……」

しかし、このところ心技ともに成長著しい神森新吾の目はごまかせなかったようだ。

「言え……。言わぬとひどいぞ」

「いえ、何もないのでございます。つまりその、さすがの峡先生も、赤石先生の前では随分とその、子供のような様子になられると思いまして、おかしくなってきたのでござります……」

酒を人に集《たか》る偽者の出現など、決して峡竜蔵の名誉になることではない。

人がそれを信じたのだからなおさらだ。

同心見習いの北原平馬にとっては将来に役立つこともあろうかと手伝わせたが、わざわざ神森新吾と津川壮介には報せることでもあるまいと、竹中庄太夫は黙っているように平馬には伝えてあった。

だが新吾にしてみれば、二番弟子の自分が知らぬことを何やら平馬が知っているような——それは許し難いことである。

平馬とは同時期に入門した同い年の津川壮介にとっても、おもしろくない。

「平馬、おぬしは新吾さんの言うことが聞けぬというのか」

彼もまた詰めよった。

「いや、だからおれは何も……」

「言え、言わぬか！」

新吾は、口をもごもごとさせる平馬の首を素早く摑《つか》むと、足払いをかけて締めあげた。

「平馬、白状しろよ。楽になるぞ」

壮介はそれを見て大笑いしながら、平馬の耳許《みみもと》で囁いた。

「苦しい……。わかりましたよ。放して下さい……」

「はなして下さい……？　話すのはお前だろ」

「いえ、違いますよ新吾さん、手を放して下さいと言っているんですよ……」

若き武士達のはしゃぐような騒ぎ声は、母屋へも届いた。

この時、峡竜蔵は赤石郡司兵衛と世間話などをしていて、

「まったく何をやってやがるんだ……。まことに騒がしいことで、申し訳ござりませぬ」

と、苦笑いを浮かべて郡司兵衛に頭を下げたものだが、

「道場はあれくらい賑《にぎ》やかな方がよい。おぬしなどは未《いま》だに、沢村直人《さわむらなおと》の姿を見ればその度に締めあげているではないか」

「あ、いや、それを言われますと、面目もござりませぬ……」

郡司兵衛の言葉に、竜蔵は頭を掻《か》いた。

かつては藤川道場の同門で、今は赤石道場の優等生を気取る沢村直人のすました顔を見かけると、三十を過ぎた今でもやりこめたくて仕方がなくなる峡竜蔵であった。

「まだまだ人のふりを見て、我がふりを直さねばならぬの」

郡司兵衛はニヤリと笑った。

「真にもって……」

竜蔵は神妙に頷いた。

「ならば参ろう。ちとおぬしと共に見たいものがあるのだ」

「この竜蔵と共に見たいもの……?」

竜蔵はちらりと庄太夫の方を見た。

庄太夫は少し申し訳なさそうに畏まっている。

その時には、道場の騒ぎ声も収っていた。

五

峡竜蔵は、それから赤石郡司兵衛に連れられ、竹中庄太夫を供にして、芝口橋を北へほど近い、三十間堀《さんじっけんぼり》の船宿へと出かけた。

ここは〝兵庫屋〟というなかなか大きな船宿であるが、船着き場は家屋に囲まれてひっそりとしている。

店は折曲りの土間になっていて、船を待つ間はここに設《しつら》えられた腰掛けに座り、今頃は大きな欅《けやき》の角火鉢で暖をとりながら、軽く熱いのを引っかけることができる。

奥には庭を挟んで広間があって、船着き場を降りると直接庭から入れるようになっている。

赤石郡司兵衛は終始上機嫌で、ここへの道中は近頃の剣術界の動向などを竜蔵に聞かせたが、竜蔵の方はこれから何が起こるのか——それぱかりが気になっていた。

——庄さん、何か知っているんじゃあねえのかい。

こちらの方は、終始無言で郡司兵衛の話に耳を傾けている竹中庄太夫に訊《たず》ねることもできず、まるで落ち着かなかった。

郡司兵衛は、竜蔵と庄太夫を伴って船宿へ入ると土間の腰掛けに座った。

すぐに女中が火鉢に火を入れ、熱い燗《かん》のついた酒を運んできた。

「まずは体を温めて、ここで見物だ……」

郡司兵衛は女中を退《さ》がらせると、熱いのを竜蔵と庄太夫に勧め、自らも胃の腑《ふ》に流し込んだ。

「先生、いい加減に教えて下さりませぬか。いったい、何を見物するのです……」

竜蔵は酒で体を暖めて、郡司兵衛に問うた。

「あれだ……」

郡司兵衛は、今しも船着き場へとやってきた、一艘《そう》の猪牙舟《ちょきぶね》を格子窓越しに見て目で示した。

「あの船ですか……」

「乗っている男をようく見ておくがよい。くれぐれも大人しく見るのだぞ……」

怪訝な表情を浮かべる竜蔵を見て、郡司兵衛は笑いを押し殺した。

やがて船行灯《ふなあんどん》の灯に、船から降り立った二人の男の顔がぼうっと浮かんだ。

「あれは親分ではないか……」

身を乗り出す竜蔵を、

「まず、黙って見ておれ……」

郡司兵衛は窘《たしな》めた。

船から降り立ったのは網結の半次と、件の偽峡竜蔵・富田巳喜蔵であった。

――何だ、あの野郎は。

竜蔵は瞠目《どうもく》した。

半次が手にするぶら提灯の明かりで浮かび上がった巳喜蔵の姿は、滅多と鏡を見ぬ竜蔵でさえも、自分に似ていることがわかる。

郡司兵衛と庄太夫も、初めて目にする竜蔵もどきに、笑いを堪えるので必死であった。

巳喜蔵は船を降りるや、船頭に、

「おう、すまなかったな……」

と、峡竜蔵の決まりの姿である片手拝みをしてみせた。

郡司兵衛と庄太夫の体が小刻みに震えた。

さすがは網結の半次である。よくあれを見て吹き出さないものだと笑いながら感動したのである。

――何なんだこいつは。

竜蔵は庄太夫の顔を窺《うかが》い見た。

「ご覧になればおわかり頂けますかと……」

庄太夫は声を潜めてそう告げた。

船着き場では、

「この船宿の座敷に連中はいるんだな……」

富田巳喜蔵が言った。

「へい、ここで手打ちをしようってことなんですがね。若い連中の中には話をつけるつもりはねえって野郎も随分といますから、いつ喧嘩が始まるかわからねえってところだそうで……」

半次が応えた。

「そいつはいけねえな、まずおれに任せてくんな」

「へい。旦那にお出まし願えれば、もうそのお顔を見た途端に、馬鹿な気持ちはおこしゃあしませんからねえ」

富田巳喜蔵は、見事に半次と北原平馬がうった芝居にのせられた。

香具師の若い衆と口入屋の若い衆が揉めて、手打ちの席が設けられることになったのだが、その席で喧嘩が始まるかもしれない。

これでは商売あがったりなので、何とかならないかと船宿の主から相談されていたところ、ちょうど道で峡の旦那に出会ったので、これ幸いと仲裁を願ったのだと半次は巳喜蔵に伝えて今日を迎えたのだ。

話の中で半次は、船宿の者も、香具師の若い衆も、口入屋の衆も、それぞれ峡竜蔵の名は聞き及んでいるが、まだ一度もその姿に触れたことはないということを巧みに巳喜蔵に伝えた。

これは巳喜蔵にとって、偽者ぶりを発揮するのに真に相応《ふさわ》しい条件が揃《そろ》っていることになる。

「うまくまとまったあとは、たらふく飲んでいただいて、恐らくはお礼の方も出るでしょうから、まあ、気持ちよく収めてやっておくんなさいまし」

酒好きの富田巳喜蔵にとっては、たらふく飲めるだけでもありがたいのに、謝礼まで出るとなればこれほどのことはない。

まんまと、この船宿までやってきたのであろう。

「よし、とにかく案内しろい……」

巳喜蔵は野太い声を絞り出した。

「畏まりやした……」

半次は巳喜蔵を連れて、船宿の裏手へと歩き出した。

「さて、竜蔵、今度は奥だ……」

郡司兵衛は竜蔵を促して、土間を通って庭を抜け、奥座敷へと向かった。

ここに至って竜蔵にはすべて呑《の》み込めた。

「先生、人のふり見て……、というのはこのことだったのですか……」

「まあ、そういうことだ。竜蔵の偽者がいると聞いて、どんな奴か見てみたくなってな。おぬしの一番弟子に無理を言ったのだ」

「そうだったのですか……。先生もお人が悪うございますねえ」

「まあ怒るな。見たところ、奴は竜蔵にそっくりだ。自分の姿は自分では見えぬものだ。この機会によく見ておくがよい……」

そう言われると妙に納得させられて、竜蔵はこれまでの経緯《いきさつ》を庄太夫に耳打ちしてもらいつつ、郡司兵衛のあとに続いた。

郡司兵衛は、庭の竹垣の陰に隠れて庭越しに奥の座敷を窺い見た。

竜蔵と庄太夫もこれに倣《なら》った。

やがて偽峡竜蔵は半次に連れられ庭の方からやってきた。

すると、何ともよい間合で座敷の障子戸が勢いよく開け放たれて、中から二組の男達が姿を見せ、今にも庭へとび降りて相争わんとする様相を呈した。

「うむ？　奴らは……」

竜蔵が唸《うな》った。

「野郎、やってやろうじゃねえか！」

「望むところだ！」

と言い合っているのは、〝濱清〟の安と、口入屋の真砂屋由五郎であった。

「庄さん、手のこんだことをしたもんだなあ……」

しかめっ面の竜蔵に、庄太夫は首を竦《すく》めてみせたが、

「これもみな、おれが頼んだことでな……」

郡司兵衛は小声で竜蔵を宥めた。

敬慕する峡竜蔵の名を騙る〝太い奴〟をはめてやろうと、安と由五郎も仲間を集めて今にも喧嘩を始めようとする二組を演じたのだ。

「おう、待った待った！　仲裁は時の氏神だ。この喧嘩、おれに預けてくんな……」

そこへ颯爽《さっそう》と富田巳喜蔵が出ていって、喧嘩を始めんとする連中も偽であることを知る由もなく、堂々と啖呵《たんか》を切った。

安と由五郎達は、巳喜蔵を見て一瞬その場で固った。

夜目にするとあまりにも似ている偽者を、思わず見つめてしまったのである。

「この野郎、やめろといったらやめねえか！　うだうだ吐かしゃあがると、切り刻んで海にばらまいて鱶《ふか》の餌《えさ》にしてやるから覚悟しろい！」

巳喜蔵は肩を怒らせてじりじりと近寄った。

「庄さん、おれはあんな様子なのか……」

竹垣の陰で竜蔵が訊ねた。

「いえ、先生はもっときりりと致されて……」

「本当のところを言ってくれ」

「はい、実によく似ております……」

庄太夫は笑いを押し殺して畏まった。

「まったく馬鹿だな、おれは……」

「見えすいた世渡りをするくらいなら、喧嘩の仲裁で糊口《ここう》を凌《しの》ぎたい……。おぬしの歩んだ道が誤っていたとは言わぬが、あれで随分損をしたこともあったようだ。ようく見ておくがよい」

郡司兵衛は笑いつつ、竜蔵を諭す言葉も忘れなかった。

恥ずかしさに顔を赤らめる竜蔵の前で、巳喜蔵はさらに峡竜蔵を演じる。

「おれは峡竜蔵という者だ。この喧嘩、預けてくれるな……」

安と由五郎達は一斉に頭を下げて下を向いた。

「おう、そうかい、預けてくれるか……」

巳喜蔵には、それが笑いを堪えている様子には見えずに、

「うむ、それでよし。すまねえな……」

と、決まりの姿の片手拝みとなって、豪快に笑った。

それと同時に、安と由五郎達が腹を抱えて笑い出した。

「なんだ……。どうなっているんだ……」

巳喜蔵はきょとんとして、傍の半次を見たが、半次もついに吹き出していた。

ふと見ると、庭の片隅に三人の若い武士がいて、これも下を向いて小刻みに体を震わせている。この三人は、神森新吾、津川壮介、そしてこの度は随分と活躍をした北原平馬であった。

竹垣の陰では――。

「先生、とにかく奴を殴って参ります」

竜蔵が郡司兵衛に畏まった。

「この後のことはおぬしの気がすむようにすればよいが……。くれぐれも、殺すなよ。はッ、はッ、わァッ、はッ、はッ……」

ついに郡司兵衛の笑い袋の緒が切れた。

「御心配は御無用にございまする……」

竜蔵はニコリともせずに竹垣の陰から出て庭へと向かった。

その直後――。

「お許し下さりませ！」

という絶叫と、どたばたという鈍い音が男達の笑い声と入り交って、船宿中に響き渡ったのであった。

六

そして、船宿〝兵庫屋〟からは誰もいなくなった。

赤石郡司兵衛は、近頃こんなに笑ったことはないと喜び、問題児であった弟弟子・峡竜蔵を少しばかりやりこめたことに満足をした。そして今宵ここへ集った連中に、一杯やってくるがよいと祝儀を与え、竜蔵とは近い内に会おうと約して別れたのであった。

今、件の広間の濡《ぬ》れ縁《えん》には峡竜蔵が座り、庭には白洲《しらす》に控える罪人のようにうなだれた表情の富田巳喜蔵が端座して、竜蔵によるその後の詮議《せんぎ》が続いている。

頬が腫《は》れ、所々に擦傷《すりきず》が見られるものの、巳喜蔵は生きていた。

「てことは、本村町で喧嘩の仲裁をした時は相手の方がお前をおれと間違えたんだな」

「はい、それは間違いありません……」

あの日、富田巳喜蔵は蠟燭問屋から長屋へ帰って、夕餉《ゆうげ》の膳《ぜん》を子供達と共に囲んでいた。

一日、蠟燭の芯を作って家へ帰り、子供達の顔を眺めながらゆっくりと酒を飲むのが、巳喜蔵のささやかな楽しみなのである。

「しかし、わたしがちびちびとやっているといつまでたっても家の中が片付かないから、飲むなら小庭に続く縁に出て、一人で飲めと妻が申すのです」

「お前が暮らす家は狭いのか」

「六畳が二間に、僅かばかりの土間と小庭が裏手についているという長屋の一軒です」

「なるほど、お前がちびちびやっていると家の中の半分が塞《ふさが》ってしまうということか」

「妻は、さっさと食べて、素読やお針をしなさいと子供達には日頃申しつけておりますれば……」

「今までは、旦那の楽しみを邪魔してはならぬと言うのを控えていたが、いい加減苛々《いらいら》してきたんだろうな」

「そのようです」

「それで部屋を出て、小庭に続く狭苦しい縁側に出たのか」

「出ようと思いました。しかし、その日は外はかなり寒くて、みぞれ交りの雨が降っておりまして、そんなことができようはずがありません。それにわたしは、子供の顔を眺めながら飲みたかったのです」

「子供は三人いると聞いたが」

「女、男、女でござる」

「歳はいくつだ」

「七つ、五つ、三つです」

「今年は一遍に祝いだな」

「ああ、そうなりますねえ……。はッ、はッ、ほんにそうであった……」

巳喜蔵は顔を綻ばせた。

「馬鹿野郎、子供がかわいいと言いながら、そんなことに今気づいたのか」

「面目ありません……」

「まあ、子供はかわいい盛りだ。お前のやり切れねえ気持ちはわかるぜ。一日蠟燭の芯を作って、家で酒を楽しもうと思ったら、邪魔だからみぞれが降る外で飲めと言われたわけだからな」

「はい」

「そりゃあ頭にくるだろうな。夫も馬鹿ならその女房もひどい女だな」

「かめは、ひどい女ではありません！　夫と子供のために、苦労を惜しまぬ好い妻です」

今度は巳喜蔵、口を尖《とが》らせた。

「馬鹿野郎！　お前の肩を持ってやっているんだろう。怒る奴があるか！　手前、なめたこと吐かしゃあがったら、ばらばらにするぞ……」

「申し訳ありません……」

竜蔵はそこで一旦口をつぐんだ。先程見た、巳喜蔵が自分の真似をしてがなってい る様子を思い出すと怒鳴れなくなったのだ。

その上に、元来人の好い竜蔵は、この間抜けた男がどうも憎めなくなってきていた。

「で、お前はかめさんと喧嘩になって家をとび出したのかい」

「はい……」

こんな所で飲んでいられるかと巳喜蔵は怒り出したのだが、それならどこかで飲んできなさいと言い返されて、あの日は家をとび出してぶらぶらと夜道を歩くうちに、本村町の居酒屋を見つけたのであった。

懐の具合を気にしながら舐《な》めるように飲んでいると、店の内で喧嘩が始まった。

かつて仕えていた大名家から、突如のごとく召し放され、妻子を抱えて苦労をしながらも、何とか蠟燭の内職に生活の活路を見出《みいだ》した。

しかし、近頃では妻・かめがお針の師匠として得る収入の方がそれを凌駕《りょうが》するようになった上に、蠟燭問屋からは、

「いっそ職人になられた方がよいのでは……」

などと言われる。

ここへきて、武士などいつでも捨ててやると思いつつも、かめはこの先三人の子供達を立派に武家の子供として育てていこうとして日々の努めに励んでいるのだ。

蠟燭の芯作りの腕をいくら誉《ほ》められたとて、武士を捨てられぬ身には虚《むな》しいだけではないか——。

そんな想いが巳喜蔵の心を何ともやるせなくさせていたところへ、今日の夫婦喧嘩である。

家を飛び出てきたという忸怩《じくじ》たる想いをごまかそうとして、なけなしの金で飲んでいるというのに、そのささやかな気晴らしまでをも邪魔しようとする馬鹿者どもがいる。

許し難い奴らだと思った。

「うるさい！」

気がつけば立ち上がって、今にも喧嘩を始めようとしている大工と左官の職人達を一喝していたという。

「文句があるならかかってこい。おのれ腕の一本斬《き》り落してやる……。そんなつもりでおりましたら、相手の方がわたしを〝時の氏神〟だと勘違いをしたようで……」

振り絞るような声で巳喜蔵は述懐した。

「それで、おれの真似をすりゃあただ酒にありつける……。そう思ったのだな」

「確かに、好きな酒をたらふく飲めるのはありがたいことでございましたが、それだけではございませぬ」

「どういうことだ」

「真に心地がよかったのでござりまする。その、峡竜蔵殿の真似をするのが……」

「お前は、おれが喧嘩の仲裁をしているところを見たことがあったのだな」

「はい、偶然にも二度ばかり……。いずれもわたしがまだ、宮仕えをしていた折のことでした」

富田巳喜蔵は、ある大名家の江戸屋敷に仕える定府《じょうふ》の家臣であった。

身は五十石の納戸方であったが、役目柄公金を扱うことが多く、商家から幾ばくかの付け届けもあり、暮らしに不自由はしていなかった。

その上に、あれこれ道具類の調達のために屋敷を出ることも多く、ついでに江戸の町を方々探索することが大きな楽しみであったという。

峡竜蔵の仲裁を見たのもこの最中《さなか》で、

「荒くれどもの中へ割って入って、豪快に叱りつけて、時には聞き分けのない連中を叩き伏せる……。鬼のように強くて恐《こわ》い人かと思えば、おう、すまねえな……。などと片手拝みでにこりと笑う……。いや、浪人の身でもこんなに屈託がなく爽《さわ》やかな武士がいるものかと感じ入りました。それに……」

「なんだ」

竜蔵は少し照れくさそうに問い返した。

「お見かけをしたところ、わたしによく似ていた……」

「それがお前にとっては不幸せだったたな」

「とんでもない。その時は幸せでした。自分もあのような気持ちのいい啖呵を切って、いがみ合っている者同士の間をうまく収めることができたらどんなに楽しいだろう。そう思って、ただ一人になった時は、峡殿の真似をしておりました」

「一人でいる時におれの真似を？　気持ちの悪い野郎だな」

顔をしかめながらも、道理でよく似ていたはずだと、竜蔵は内心舌を巻いた。

「宮仕えをしておりますと、色々やるせないことも多うござりまして、そういうことが息抜きになったのです。今思えば幸せな暮らしでござりましたが……」

浪人してからはそれどころではなくなった。

なかなか町での暮らしにも馴染めず、日々食べていくことに必死で、人の真似どころではなくなっていた。

そんな時に、いきなり〝峡の旦那〟に間違われて元より竜蔵に憧《あこが》れていた巳喜蔵は、ついその気になってしまったのだ。あの日真似をした言葉遣いや身振り手振りが、自然と出ていた。

「わたしはもう楽しくて楽しくて、いけないことだと思いながらも、それからは妻と諍いを起こす度に盛り場に出て、喧嘩を見かければ時の氏神となって御貴殿の真似をさせて頂きました」

「おれの真似をすれば、胸がすうっとしたかい」

「はい、それはもう……」

「だがお前は峡竜蔵じゃあねえんだ。こんなことが世間に知れてみろ。騙りの咎《とが》で役人の世話になったかもしれねえんだぞ」

「はい。それは確かに……。だが酒を飲んで御貴殿の真似をしていると、そんな想いもどこかへいってしまっていたのです。いや、もうどうなってもいいと半分自棄《やけ》になっていたのかもしれません」

「何言ってやがんだ。お前は好いかもしれぬが、こっちは迷惑この上もねえや。仲裁をするだけならともかく、その後店へ行って酒を集りやがって」

「いや、あれは店の方が代はいらぬと……」

「本気にする奴があるか。それは愛想ってやつで、何度も行きゃあ迷惑になるのが人情だろう」

「はい……」

「まったくお前は、そんな様子だから召し放しの憂き目を見るんだよ。いってえどこの家に仕えていたんだ」

「はい、奥州弦巻《つるまき》家に仕えておりました」

「奥州弦巻家だと……?」

竜蔵はその名を聞いてたじろいだ。

「どうかなさいましたか」

「いや、弦巻様といやあ、由緒正しき御家じゃあねえか。どうして召し放されたんだ」

「それが、どうもこうもないのです……」

一昨年の暮れに、弦巻家中では江戸家老・福田主膳《ふくだしゅぜん》と城代家老・山内孫兵衛《やまうちまごべえ》の対立が激化した。これは福田主膳の専横を糺《ただ》そうと山内が動いたもので、その結果福田は山内暗殺を企んだものの果せず腹を切った。

その後、弦巻家では福田に与《くみ》していた者への粛清が行われ、富田巳喜蔵は亡母が福田の縁続きであったという理由だけで召し放しの憂き目にあったのだという。

「なるほど、そいつは気の毒だな」

竜蔵はしばし沈黙した。

その福田の専横を糺さんとして戦い、壮絶な討死にを遂げたのは田端龍之介《たばたりゅうのすけ》といって、ひょんなことから知り合い、竜蔵とは一時刎頸《ふんけい》の交りを結んだ武士であった。

この時の争闘は、弦巻家内部で秘密裏に処理され、富田巳喜蔵などは真相を知るまいが、峡竜蔵は田端龍之介の助っ人に駆けつけ、福田配下の武士を多数斬り捨てた。

言わば、福田の野望を挫《くじ》く一助を果したわけだが、正義の剣を揮《ふる》ったとはいえ、その後に煽《あお》りを食らった者の存在を目のあたりにすると、竜蔵はどうも落ち着かなかった。

思えば巳喜蔵と同じ目に遭って、浪々の身を強いられた者は何人もいたに違いない。

そう思うと心優しき竜蔵の、巳喜蔵に対する怒りの炎はぷっつりと消えた。

「まあ、うだうだと話していたとて面倒だ。お前がおれの名を騙った店は、合せて何軒だ」

「四軒です」

「間違いねえな」

「はい……」

「よし、これから廻《まわ》るぞ」

「え……?」

「ついて行ってやるから、この度は悪ふざけが過ぎた、借りたままになっている飲み代は必ず払うから許してくれと頭を下げろ。おれがつけにしてくれるように頼んでやる」

竜蔵は吐き捨てるように言って立ち上がった。

「では……、見逃して下さるのですか」

巳喜蔵は涙目になって竜蔵を上目遣いに見た。

「次にやったらぶっ殺す……。まあ、今度のことは、このおれの身から出た錆《さび》かもしれねえからよう」

「か、忝うござりまする……」

巳喜蔵は男泣きに泣いて庭土を涙で濡らした。

「泣くな馬鹿野郎……」

「はい……。しかし、涙が止まりません……。やはりあなたは、わたしが憧れた、素晴らしい男です」

「うるせえ！　早いこと案内しやがれ」

しみったれたことが嫌いな竜蔵は巳喜蔵を追い立てたが、巳喜蔵の涙は次々と頬を伝った。

男が三十を過ぎて禄《ろく》を失《な》くし、蠟燭の芯作りの腕は上がるものの、妻の稼ぎには及ばず、子に威厳とて示されず、ましてや武士として、男としての生き方をも悩み、挙句の果てがこの態《ざま》である。

あまりに情なき身にかけられた、温かで大らかでちょっと乱暴な人情――富田巳喜蔵は泣かずにはいられなかったのである。

「お前の女房子供に免じて許してやるんだよ。早く歩きやがれ！」

「はい……！」

夜目に見ると、まるで兄弟が歩いているかのような二人は、それから酒場をしばらく巡り歩いた。

四軒は、麻布本村町、飯倉片町、二本榎、赤羽根の居酒屋であった。

何《いず》れも峡竜蔵の威光は及んでいるが、竜蔵自身はほとんど足を延ばさない盛り場で、巳喜蔵がよく調べたことがわかる。

どの店も、〝二人の竜蔵〟が現れたことに面喰ったが、巳喜蔵が素直に頭を下げ、それを取りなす本物の峡竜蔵が見せる男気に感じ入って、

「いやあ、いずれにせよこのお方のお蔭《かげ》で喧嘩が収まったことに違いありやせんや……」

「飲み代ったってたかがしれておりやすから、お気遣い頂かなくともようございますよ」

などと、一様にたじたじとなり、かえって恐縮したものだ。

「こいつがおれの真似をしたってことは、おれの身の不徳の生《な》せる業だ。まあ勘弁してやってくれ。だが払うものはきっちり払わせるから、今日のところは付けにしてやってくんな」

どこの店でも竜蔵はそのように頼んでやって、

「まあ、仲裁を受けて収まった馬鹿どものことは、そのまま放っておきゃあ好いさ」

と、豪快に笑った。

これで一瞬くすぶりかけた峡竜蔵に関する悪名は、何事もなかったように吹き飛び、なおかつ剣俠《けんきょう》の人の呼び声を高めたのであった。

四軒目に行った二本榎の店には、真砂屋由五郎が乾分どもと待ち構えていて、

「おい、このお方が峡の旦那だ。ようく覚えておけよ……」

などと店の親爺に自慢げに言っては、

「それにしてもお前さん、旦那の名を騙るとは大した度胸だ。誰だって一度は真似てみてえが、命あっての物種だからねえ……」

巳喜蔵にはその馬鹿ぶりをおかしな工合に称《たた》えて、酒を勧めてくるものだから、店を出る時には朝を迎えていた。

「まったく、こんな時分まで付き合わされていい迷惑だぜ……」

竜蔵はさすがにうんざりとして、巳喜蔵を連れて出ると、

「これでおしめえだ。富田巳喜蔵殿、おぬしもこれからは、己《おの》が名に恥じぬように生きることだな」

と、おかしな縁で一夜を共に過した自分とそっくりな男に、別れに際して穏やかな声をかけてやった。

「そのお言葉、胆に銘じまする」

「わかってくれたらよいのだ」

「これほどまでに、情けをかけて頂けるとは思いもよらず……。真に忝うございまする……」

「いや、人のふりを見て我がふりを直す……。今までのおれに足らなかったものを、おぬしは気付かせてくれた。これでまたおれも、ひとつ高みに上がれるというものだ」

朝の光を浴びながら、竜蔵は爽やかに頷いてみせた。

「峡先生……」

巳喜蔵は込み上げる想いを抑えつつ、竜蔵に向き直った。

「もう、礼など無用だ」

そして、竜蔵は心地よくそれに応えたのであったが——。

「迷惑ついでに、もうひとつだけお願いがあるのですが……」

「まだ何かあるのかよ……！」

「あと一軒だけお付き合いを願いたいのです！」

「四軒じゃなかったのか！」

「わたしの家に付き合って頂きたいのです……！」

「お前の家まで送って行けというのか、馬鹿野郎」

「朝帰りをしたのは初めてで、とても一人では帰れません……」

「わかったよ！」

夜明けの町に、峡竜蔵の絶叫がこだましたのであった。

七

「竜蔵、おぬしはつくづくと好い奴だな」

赤石郡司兵衛が頰笑《ほほえ》んだ。

「いや、つくづくと自分が馬鹿であることを知りました」

峡竜蔵が頰笑みを返した。言葉とは裏腹にその表情は晴れ晴れとしている。

富田巳喜蔵を麻布長坂町の長屋まで送っていってやった後、竜蔵は一睡もせぬままに、赤石郡司兵衛を下谷車坂の道場に訪ねた。

その後の様子を誰よりも早く報せねばならない人への報告を、明日に回すような無礼はしない。

それが峡竜蔵という男の意気地である。

郡司兵衛は期待通りの竜蔵のおとないを喜び、まずは自室に通して、あれからの長い夜の話に心地よく耳を傾けたのである。

「それにしても、家にまでついてきてくれとは、真にふざけた男だな」

「とどのつまり、女房のことが何よりも気になっていたようにござりまする」

夫婦喧嘩をして家をとび出し、偽峡竜蔵となってうさ晴らしをしてからというもの、巳喜蔵は酒を飲みたくなると、何だかんだと理由をつけて峡竜蔵を気取って盛り場をうろついた。

それによって巳喜蔵の心も晴れ、狭い長屋の内で妻女のかめと衝突することもなくなったが、夫の変化をかめはしっかりと感じとっていた。

先日は、浪人暮らしにおける日々の焦燥や不安から、つい良人《おっと》に、外ではみぞれが降っているというのに、縁へ出て酒を飲めと言ってしまった。

そのことが夫婦の諍いの原因《もと》となり、巳喜蔵は家をとび出したのであるから、かめとて内心忸怩たる想いを抱えていて、彼女は彼女なりに巳喜蔵のことを気にかけていたのだ。

ところがそれ以降、巳喜蔵は蠟燭問屋でのお呼ばれがあると言っては、外で酒を飲んでくるようになった。

さすがにかめも、今までそのようなことはなかったのに、それほどまでに宴席があるものなのかと巳喜蔵に訊《たず》ねてみたが、

「今までは、出来るだけ家で子供の顔を見ながら飲もうと思っていたゆえに、宴席はほとんど断っていたのだ」

と、巳喜蔵は答えた。

こう言われると一言もないかめであった。

気丈でしっかり者であるが、武家の妻として夫に従う心得もまた、きっちりと身につけている女であるのだ。

しかしその一方で、かめは女の情念というものも捨ててはいない。お呼ばれに与《あずか》り、酒を飲んできた時のどこかうきうきとした巳喜蔵の様子を見て、かめはあらぬことへ疑いを抱き始めた。

「なるほど、妻殿は夫が女を拵《こしら》えたと思ったのだな」

赤石郡司兵衛は楽しそうに言った。

「左様にござります る」

「竜蔵に似た好い男ゆえにな」

「はッ、はッ、そういうことにしておきましょう」

かめは女の嗜《たしな》みとして、不確かな状況での夫への悋気《りんき》はすまいと思ってきた。それゆえにお呼ばれで飲んで来たと言われれば夫の言を素直に信じてきたが、言葉の端々に巳喜蔵に女ができたのではないかという疑いが見え隠れするようになってきたのだという。

「それで、巳喜蔵は朝帰りが恐かったのだな」

「はい、何だかんだといっても、仲の好い夫婦なのでございます」

「だから、ついていってやったのか」

「いたし方ありません」

「だが、おぬしがついて帰ったところで、妻女の疑いは消えまい」

「左様に思いましたので、竹中庄太夫の家へ立ち寄り、知恵を借りました」

「おぬしには軍師がいてよいの。で、万事収ったか」

「はい、うまくいきました……」

竹中庄太夫に相談した後、竜蔵は巳喜蔵について長坂町の浪宅へと向かうと、まずかめに己が身分を伝え、巳喜蔵とは蠟燭問屋の宴で知り合い背恰好が似ているということですっかりと親しくなった。

それで、自分の祖父が開いている学問所の書物整理の手伝いを内職としてお願いしたのだが、昨日はその最後の日とてなかなか仕事がはかどらず、朝までかかってしまったのだと事情を伝えた。

「まあ……、そのようなことが？　それならばそうとお話し下さればよいものを、何《なに》故《ゆえ》、お呼ばれなどと申されたのです」

理由を聞いて、怪訝な表情で夫を見るかめに、

「御新造殿を驚かせようとしてのことでござる」

竜蔵は代わりに答えてやった。

「わたくしを驚かせようと？」

「内職で得た金で、これを買って御新造殿に渡したかったとか……」

そこで竜蔵は巳喜蔵を促した。

巳喜蔵は真に恥ずかしそうに、道中買い求めた利休型の櫛《くし》をかめに差し出した。

「これをわたくしに……」

ぱっとかめの顔が華やいだ。巳喜蔵はというと、相変わらず仏頂面で無言を続けている。

「苦労をかけている上に、あれこれ諍いをおこしているので、このあたりで機嫌をとりたいとのことでござるが、男というものはこのような折、うまく言葉が出ぬものだ。それで朝帰りの弁明も兼ねて某が同道致したというわけでござる。では、確かに富田殿はお返し申しましたぞ。これにて御免！」

竜蔵はそう言うと、かめが何か言おうとするのを制して歩き出した。

曲り角で物陰に隠れて様子を窺うと、かめが従順な様子で、目頭を細い指で拭《ぬぐ》いつつ良人を家へと迎え入れる姿が見られた。

その時、巳喜蔵はというと、竜蔵の去った方へと片手拝みをしていた……。

「まったく、最後まで人の真似をしやがって、どこまでもふざけた男でございまする」

竜蔵は嘆息した。

「して、その櫛は偽者が買うたのか」

「いえ、奴は酒場に金をみな置いていきましたゆえ、とりあえずわたしが……」

「はッ、はッ、やはりおぬしは馬鹿だな」

「はい、馬鹿でござりまする……」

「だが、おぬしがそれほどまでに世話を焼いてやったとて、女というものは鋭い。櫛ひとつでごまかされまい。酒は入っているし、あ奴は竜蔵に懲らされて傷だらけであったはず」

「竹中庄太夫が申しますには、怪しいところは多々あれど、妻女はここが引き時と必ず矛を納めるであろうと……」

「なるほど、な」

「夫婦というものは多少の秘め事を抱えているもので、それをあまり突つかぬことが賢い付き合い方だそうにござりまする」

「ふッ、ふッ、竹中庄太夫、さすがに申すな。うむ、竜蔵、ようやった！　おぬしはまた一回り懐の深い男となったな」

郡司兵衛は満足そうに竜蔵を見つめて、愉快に笑った。

「左様でございましょうか……」

「ああ、少し前のおぬしなら、ただ、富田巳喜蔵を半殺しの目に遭せていただけであったろう。赤石郡司兵衛、嬉しく思うぞ……」

「ともあれ、先生にお誉め頂ければ何よりでござります」

「手のこんだことをしてすまなんだが、おぬしの成長をここら辺りで確めておきたかったのだ」

そう言うと、郡司兵衛は思い入れたっぷりの表情を浮かべて、しばし沈黙した。

竜蔵は不審に思って、

「何か気になることでもござりまするか」

「いや、まだこれから先の話ではあるが、決めておかねばならぬこともいくつかあってな」

「と、申されますと」

「この身が藤川弥司郎右衛門先生より受け継いだ、直心影流の的伝のことだ」

「それならば、団野《だんの》源之進《げんのしん》先生がおいでではござりませぬか」

団野源之進は赤石道場の俊英にして、竜蔵より六歳年長の剣客である。

寛政七年（一七九五）から本所亀沢《かめざわ》町に道場を開き、すでに直心影流の中でもひとつの地位を築いている。

剣技抜群、指導力の確かさにも定評があり、赤石郡司兵衛が直心影流の道統を譲るのは、己が高弟でもある団野源之進に決まっていると、流派の内外から見られていたし、これに異論を挟む者はいない。

竜蔵は源之進とはそもそも道場が違った上に、竜蔵が二十四歳の時に源之進が亀沢町に道場を持ち独立したことから、あまり手合せをする機会がなかった。

たまに稽古をすることがあっても若き日の六歳の差は大きなもので、竜蔵の記憶の中で、団野源之進を相手に一本を決めたことなどまるでなかった。

やっと近頃になって、時折赤石道場で顔を合わすことがあり、竜蔵の方から稽古を願い出て竹刀を交えるに、何とか立合の恰好がついてきたというべきところなのだ。

峡竜蔵もまた、直心影流の道統は団野源之進が継ぐものだと誰もが信じて疑わないことには頷ける。

「何か不都合があるのですか」

竜蔵は首を傾げた。

「いや、団野源之進が道統を受け継ぐことに何ひとつ不都合はないと思われるが、肝心の源之進がどうも煮え切らぬ」

「ほう、それはまた何故にござりまするか」

「源之進が申すには、的伝、道統といった話はまだまだ先のことで、たとえばこの数年の間に、自分よりも道統を継ぐに相応しい者が出てくるやもしれぬと……」

「まさか、団野先生を越える者がこの数年の間に出てくるとは思われませぬ。それなのに、そのようなことを申されますとは、団野先生の身に何かあったのでござりましょうか……」

「いや、おれには源之進の気持ちがよくわかる」

「何ですと……」

「ふッ、ふッ、まあよい……」

郡司兵衛はほのぼのとした笑顔を竜蔵に向けて、すっくと立ち上がった。

「何やら無性におぬしと稽古をしとうなった。ちと付き合え」

「それはありがたき幸せ。お願い致しまする」

竜蔵はたちまち嬉しそうな表情となり、その場で座礼した。

「一晩中うろうろと盛り場を歩いていたとて手加減はせぬぞ」

「望むところにござりまする！」

勢いよく立ち上がる峡竜蔵をつくづくと見ながら、

――おぬしの数年後の姿。それが何よりも気になるのだ。

赤石郡司兵衛はそんなことを心の内で呟《つぶや》いていた。

第二話　思い出斬り

一

その日。

峡竜蔵は、大目付・佐原信濃守《さはらしなののかみ》邸での出稽古《でげいこ》を終えると、信濃守の側用人《そばようにん》を務める眞壁清十郎《まかべせいじゅうろう》を誘って、赤坂田町のそば屋〝大光庵《だいこうあん》〟へと立ち寄った。

珍しく屋敷から早々に解放されてのことであった。

近頃は竜蔵が来ると、必ず中奥の自室へ招いて一献傾けながらあれこれ物語りなどするのを楽しみにしている信濃守なのであるが、今日は所用が立て込んでいるらしい。

今では無二の友となった、眞壁清十郎との心おきない一時も、竜蔵にとってなくてはならない。その上に、あれこれ話しておきたいこともあったのでちょうどよい折となったのだ。

「桑野益五郎《くわのますごろう》が稽古場を開いたんだ」

竜蔵は嬉《うれ》しそうな表情で伝えると、鯰《なまず》の天ぷらを頰張《ほおば》った。

「ほう、それはよかった……」

清十郎はいかにも彼らしく、誠実な表情で応《こた》えると、こちらはかまぼこをわさび醬《じょう》油《ゆ》に軽くつけて口に運んだ。

相変わらずかまぼこ好きの清十郎は、そば屋で一杯やるのが何よりも楽しい。

「あの人ももう五十になるから、やっと手にした城というところで、随分と張り切っているよ」

「そうであろうな……」

桑野益五郎は、直心影《じきしんかげ》流第九代的伝《てきでん》・長沼活然斎の門人である。

活然斎は、峡竜蔵の剣の師・藤川弥司郎右衛門の兄弟子にあたる剣客で、それゆえに長沼、藤川両道場の剣の交流も盛んであったことから、竜蔵は長く桑野とは親交を温めてきたのである。

二十近くも歳上《としうえ》ではあるが、竜蔵は世渡り下手でことごとく付きに見放されながらも、黙々と己《おの》が剣を極めんとして精進を重ねる桑野益五郎のことが好きで、己が数少ない剣友の一人として位置づけている。

眞壁清十郎もまた、竜蔵を通じて桑野の人となりに触れて好意を抱いていたから、竜蔵の喜びが手に取るようにわかるのである。

「して、道場は何《いず》れに開かれたのだ？」

「それが、本所出村町の爺《じ》ィ様の地所に建て増したのだよ」

清十郎の問いに、竜蔵はニヤリとして答えた。

「そうか……。なるほど、それはまた一段と好《よ》い。竜殿、考えたな」

日頃、大目付の側用人を務めるほどの男である。清十郎は、瞬時に竜蔵の意図を解して相好《そうごう》を崩した。

「さすがは清さん、察しが早いや。ちょっとばかり心配していたから、これで気分が楽になった」

「桑野殿には何もかも……」

「ああ、話した上でのことだが、張り合いが出来て何よりだと、むしろ喜んでくれたよ」

本所出村町の爺ィ様とは、もちろん峡竜蔵の生母・志津の父である中原大樹《なかはらたいじゅ》のことで、国学者である大樹がここに構える学問所には、志津だけではなく竜蔵の兄弟子・故森原太兵衛《もりはらたへえ》の忘れ形見である綾《あや》と、竹中庄太夫の娘・緑《みどり》も寄宿している。

言わば、竜蔵にとって大事な者ばかりがこの家には住んでいるのであるが、その顔ぶれは女と年寄ばかりということになる。

これではまるで用心が悪い――。

そのことは以前から気にしていた竜蔵であったが、近くには大樹の国学の弟子が二、三人住んでいるし、女達は皆しっかりとしている。

大事はないかと思っていたのだが、昨年の紅葉の頃――竜蔵は何者かの手廻《てまわ》しによって、命を狙《ねら》われるという危機に瀕《ひん》した。

もちろん、剣の腕にかけては無類の強さを誇る峡竜蔵のことである。これを見事にはねのけたものの、その後、芝界隈《かいわい》を縄張りとする香具師《やし》の元締である浜の清兵衛によって、この一件の黒幕が明らかにされた。

それによると、悪辣《あくらつ》な香具師である押上《おしあげ》の宇兵衛《うへえ》に〝峡竜蔵殺し〟を依頼したのは笠原監物《かさはらけんもつ》なる浪人であったらしい。

笠原監物は、かつて〝文武堂《ぶんぶどう》〟という私塾の塾長であった。この塾というのがとんでもないところで、塾での修業を得ると出世が約束されているという謳《うた》い文句で、塾生達から法外な束脩《そくしゅう》をむしり取り、教育の名の許《もと》に不埒《ふらち》な商売をしていた。

眞壁清十郎は、若き日に束脩の金が足りぬと追い返され、亡母と共に辛酸を舐《な》めさせられた。また、竜蔵の愛弟子《まなでし》・神森新吾の縁者である宮部達之進《みやべたつのしん》は、塾のあり方に異を唱えたがために折檻《せっかん》を受け、それが原因で若い命を落とした。

これに義憤を覚えた竜蔵は、清十郎の助勢を得て文武堂に殴り込みをかけ、連中の不正を暴き、塾を解散に追い込んだ。

そしてその後、姿をくらました笠原が、竜蔵に意趣返しをしようとして刺客を放ったのだと思われた。

たかがいかさま塾の頭目の逆恨みである、

「喧嘩《けんか》ならいつでも買ってやろうじゃねえか」

と、本来ならば意にも介さぬはずの竜蔵なのであるが、この笠原監物という男——公儀において儀式典礼を司《つかさど》り、様々な職責をこなす高家《こうけ》の一人、大原備後守《おおはらびんごのかみ》の異母弟であるという。

備後守は笠原監物を操り、文武堂から流れる金を元にして柳営《りゅうえい》においてひとつの地位を築かんとしていた。

大目付・佐原信濃守は、そのような得体の知れぬ、金と権力の亡者・大原備後守を毛嫌いしていて、竜蔵と清十郎が文武堂に殴り込む際にはあからさまにこれを支援したものである。

この時、大原備後守は笠原監物との関《かか》わりを否定し、高家の監察を司る大目付である佐原信濃守に平身低頭を貫き、以降まったく大人しくなった。

しかし、一筋縄ではいかぬ備後守のことである。

文武堂を潰《つぶ》した峡竜蔵が、信濃守お気に入りの剣客であるならば、これを剣客の遺恨や、果し合いにかこつけて殺してしまって、信濃守の鼻を明かしてやろうと、笠原に指令を出しているとは充分に考えられる。

となれば、事は喧嘩の売り買いと同等には考えられなくなる。

どんな時でも、剣を揮《ふる》って死ぬ覚悟はできている峡竜蔵であっても、気になるのは周囲の者達のことである。

もしも竜蔵への恨みの刃《やいば》が、中原大樹、志津、綾、緑が暮らす出村町に向けられたら――。

大樹の国学の弟子など何人いたとて、腕に覚えのある刺客の登場にはどれほどの役にも立つまい。

竜蔵は、心配をかけてはならないと、自分が命を狙われていることを、出村町の誰にも伝えてはいなかった。

もちろん常日頃から、

「わたしは、明日をも知れぬ身でございますれば、何かの折に先生や、母上に迷惑を及ぼすことがあるやもしれませぬ。どうか、御身の用心だけは何とぞお忘れなきように願いまする……」

とは言っているし、以前には喧嘩の仲裁で己が乾分《こぶん》にした大工に頼んで、中原大樹と志津の寝所に、いざという時はさっと庭へ逃げられる隠し出口を作った竜蔵である。

それに中原大樹も志津も、竜蔵のことでならばいつ命を落してもよいという覚悟くらいはできているから、これ以上二人に用心のことをうるさく言うのは憚《はばか》られた。

そこで思いついたのが、出村町の学問所の地所に桑野益五郎の道場を建てることであった。

このところ、やっとのことにその実直さと、指導力が認められて、出稽古先が増え始めた桑野であったが、長く務めた長沼道場の師範代を辞し独立してからは、稽古場が必要な時は三田二丁目の峡道場を借りるようになっていた。

まだ門人といっても五人しかいない峡道場にとっては、

「うちの連中も桑野さんに稽古をつけてもらえて何よりでござるよ」

と喜ばしいことであったのだが、桑野にしてみれば、狭くてもよいゆえに、

「そろそろ己が稽古場が欲しゅうなってきた……」

と、竜蔵に洩《も》らすようになっていた。

竜蔵は出村町の学問所の敷地の広さに以前から目をつけていて、ここに道場を開けばおもしろいものをと、思っていたことがあった。

故・藤川弥司郎右衛門が、竜蔵に三田二丁目の道場を任せてくれたゆえに、これを大事にして守り立てていかねばならぬと、この地に骨を埋《うず》める覚悟を決めた竜蔵であったからこれは渡りに舟だとばかりに桑野に勧めた。

まず、地所は祖父の屋敷のことゝて、何とでもなる。次に、大樹の国学の門人の中には、武芸がおろそかになっていることを気にして、通うにちょうど好い剣術道場を探している者も数多《あまた》いる。

性温厚にして硬軟を織り交ぜての指南ぶりに定評のある桑野のことである。

学問所の傍《そば》に剣術道場を構えれば、入門者もなかなかに現れるのではないか――。

さらに、桑野の妻・初枝《はつえ》は病弱であるのだが、大樹の門人には医師の子弟も多くいて、いざという時には頼りになるはずであるし、初枝の世話に手を取られる娘の千春《ちはる》は綾と同年代であるから、何かと話し相手ができてよいであろうと竜蔵は思ったのだ。

桑野にこのことを話すと、

「いや、願ってもないことでござる。今さら稽古場を求めて新しい土地へ移るのは初枝の負担になると思うて二の足を踏んでいたが、竜蔵殿の御身内にして高名なる中原先生のお傍にいると思うだけで、初枝の病にも効くというもの……」

と、興奮気味に応えた。

以前に旗本三千石・北村《きたむら》家の剣術指南を務めた折、この家の放蕩《ほうとう》息子が桑野の稽古を嫌がって、あろうことか桑野益五郎を襲撃するという愚行をしでかした。

桑野は難なくこれを撃退し内済にしてやったのだが、その謝礼として北村家から二十両の金子《きんす》を貰《もら》っていたのが手つかずのまま残っている。これをもって充てれば、峡竜蔵の息のかかった職人達があっという間に、道場のひとつ建ててくれるであろう。

早速、竜蔵は中原大樹にこれを打診し、桑野益五郎と引き合せた。

大樹も志津も一目見て大いに桑野を気に入り、このような兵《つわもの》が傍にいてくれるのであれば何とも心強いと、地所を貸すことを快く許したのである。

とはいうものの、

「竜蔵、お前がここへ来て、桑野殿に三田の道場を譲り渡してはならぬのか……」

と、大樹はそっと竜蔵に恨みがましく言って、志津に窘《たしな》められたそうな。

「そうか、何はさて誰にとってもよい道場開きとなったわけだ……」

眞壁清十郎は話を聞いて、竜蔵のなかなかの策士ぶりを称《たた》えた。

「清さんがそう言ってくれると、何だかほっとするよ」

竜蔵は少し誇らしげに笑ってみせた。

桑野が道場を構えると聞くや、当代の長沼正兵衛《しょうべえ》は、桑野が師範代を務めていた頃に、桑野の手によって鍛えられた門人を、新たに桑野道場の弟子として数名送り込んでくれた。

もちろん皆一様に、桑野益五郎を慕う若き剣士ばかりで、面倒見の好い桑野はそのうちの二人を内弟子として道場に住まわせてやった。

これによって、出村町の学問所の用心はますますよくなったというわけだ。竜蔵としてはしてやったりの結果になったのであるから、その誇らしげな表情も頷《うなず》ける。

「まあ、そんなわけで出村町の方は天下泰平というわけでな。一度、桑野道場に顔を出してやってくれぬか。時の大目付・佐原信濃守様の側用人を務めるという清さんが稽古に来るとなれば、大いに盛り上がること間違いなしだ」

「ああ、そのうちに顔を出すとしよう。それにしても竜殿は人が好い」

「人が好いのも馬鹿のうちだと、よく言われるよ」

「いやいや、竜殿が中原先生やお母上のことを気遣う気持ちは素晴らしいものだ。万事がうまく収まり、皆が幸せになるように知恵を巡らす……。竜殿はまた一廻り大きゅうなった」

「ふッ、ふッ、そうかい？」

「ああ、知り合った頃のことを思うと見違えるほどだ。だが他人のことは気遣うが、自分のこととなると後回しにするというところは相変わらずだ。くれぐれも気をつけてもらいたいものだな」

「はッ、はッ、おれのことなら心配無用だよ。用心はこの体が覚えているからな」

竜蔵は心優しき友の言葉に不敵な笑みで応えたが、

「しかし、油断は禁物だ。大原備後守は何を考えているか、まるでわからぬ……」

清十郎は慎重な表情を崩さなかった。

「その後、大原の動きに何か変ったことでも……？」

竜蔵もまた厳しい表情に戻った。

眞壁清十郎は、高家の監察を司る大目付の側用人として、今は主《あるじ》・信濃守に恭順の意を表しているが、その陰で何を企《たくら》んでいるか知れたものでない大原備後守の動きをその後もしっかりと見張っていた。

「いや、今のところは平穏そのものだ……」

「それならよかったじゃねえか。逆らったとて無駄なことだと、本当に諦《あきら》めたのかもしれぬぞ」

「そうかもしれぬ。近頃大原備後守は茶の湯に耽《ふけ》っているようで、茶道具商ばかりが出入りしている」

「茶の湯に気を紛らわしているなら罪はないな」

「だが、心の底から茶の湯を楽しんでいるのかどうか……」

「はッ、はッ、清さんはどこまでも疑り深いなあ。まあ、茶の湯に飽きたらいつでも相手をしてやるさ。とにかく清さん、一度桑野道場を覗《のぞ》いてやっておくれ。頼んだよ」

「承知致した」

威儀を正す清十郎の、いつもながらに堅苦しい様子が頬笑《ほほえ》ましくて、竜蔵はふっと笑った。

そこへ小窓の外からひとひらの散り花が舞い込んできて、竜蔵の盃《さかずき》に彩りを添えた。

近頃咲き始めた桜が、今日はまた大きく花をつけていた。

二

桜が七分咲きとなった頃。

三田二丁目の峡道場に、森原綾が訪ねてきた。

中原大樹から数冊の書物を託《ことづ》かったとのことであった。

先頃までは、桑野益五郎の道場が完成したことが嬉しくて、毎日のように本所出村町へ通っていた峡竜蔵であった。

その度に祖父と母に機嫌を伺いに行ったから、これを大樹は大いに喜び、あれこれと可愛《かわい》い孫に学問のことなど語り、

「お前が読み易そうな書を、何冊か選んでおいてやろう」

などと、昔と違って国学の教義に興味を示し始めた竜蔵に約していた。

ところが、それからぷっつりと竜蔵が来なくなったものであるから、大樹は業を煮やして持っていくよう綾に頼んだようだ。

「中原先生は寂しそうになされておいでてございました」

綾に少し詰《なじ》るように言われて、

「そういやあ、そんな話をしてたっけな。こいつはすまぬことをした」

竜蔵は頭を掻《か》いた。

「まあ、綾坊、ゆっくりとしていってくれ」

桑野道場のことも気になっていたので、竜蔵は話を聞くべく、綾を母屋の自室へ請じ入れた。

この間、綾の供をしてきた桑野益五郎の門人・平尾久六《ひらおきゅうろく》は道場で神森新吾相手に稽古に励んでいる。

久六は新吾と同年。親の代からの浪人で、三年前に両親と死別してからは苦労を重ねて剣の修行に励んできた。

桑野はその身上を考慮して、長沼道場の門人であった久六を師・長沼正兵衛に相談した上で己が内弟子として、新道場に住まわせたのである。

以降、綾が峡道場へ遣いに来る時は、必ずその供をして、自身は竜蔵に稽古をつけてもらう。

子供の頃から共に藤川道場で暮らした綾は、竜蔵にとっては本当の妹のような存在である。その綾の警護をする平尾久六に対しては、竜蔵の稽古のつけ方にも熱が入るというもので、久六は綾の供をしてここへ来るのを大きな楽しみとしているのだ。

聞こえくる久六の元気な掛け声に目を細めながら、

「どうだい、桑野さんは相変わらず張り切っているかい」

竜蔵はもう祖父が選んでくれたという書物のことなど忘れた様子で、綾に桑野道場の様子を訊《たず》ねた。

「はい、それはもう……」

出来る限り、国学の講義とは時刻をずらして道場での稽古を行ってはいるものの、門人達の気合の込もった掛け声にいささか辟易《へきえき》していた中原大樹の弟子達であったが、桑野益五郎の温和な人となりに触れるうちに、剣術の教授を望む者も出てきたという。

「うむ、そうだろうな……」

読みが当たって、竜蔵は満足そうに頷いた。

「藤川道場での暮らしを思い出します」

綾も嬉しそうな表情を浮かべた。

今は、中原大樹、志津父娘《おやこ》の手伝いをして学問所に暮らす綾であったが、父は直心影流・藤川弥司郎右衛門の道場において師範代を務めた森原太兵衛で、長く父と共に藤川道場で暮らしていたのである。男は学問だけではなく、武芸に汗を流してこそと思っているから、桑野道場の出現は彼女にとっても真《まこと》に心地がよいのである。

「道場に人が増えて、桑野先生も生き生きとなされています」

「ふッ、ふッ、目に浮かぶようだ。それで、初枝殿のお体の具合はどうだい」

「それは、志津様があれこれとお世話をさし上げておられます……」

剣術道場と学問所などという所は、総じて埃《ほこり》っぽいものである。これは体に障るゆえに気をつけるようにと、志津は初枝を気遣い、医術の心得がある学問所の書生を動員して、暮らし向きのことなどに助言を与えているらしい。

「そうか、お袋殿のお節介にも火がついたか。それもまた目に浮かぶようだ。とにかく、出村町は万万歳というわけだ。三田二丁目も負けてはおられぬな」

「ひとつ、桑野先生からお言伝《ことづて》を承りました」

「うちの弟子に稽古をつけてやってくれってかい？」

「お弟子ではなくて、堂城鉄太郎《どうじょうてつたろう》というお方にお稽古をつけてもらいたいと……」

その名を口にした途端、綾はくすっと笑った。

「堂城鉄太郎……？　誰だいそいつは……」

「それが、お気の毒なお方なのですよ。ほッ、ほッ……」

「気の毒だと言いながら、綾坊、笑っているじゃねえか……」

「笑ってはいけませんねえ……。でも、おもしろいお方なのです……」

綾はまた楽しそうに笑い声をあげた。

堂城鉄太郎がふらりと桑野道場に現れたのは、峡竜蔵が最後に桑野道場を訪れた二日後のことであったという。

齢・四十を過ぎたくらいであろうか。固太りの体つきに不精髭《ぶしょうひげ》を生やした武骨な剣客風であったが、顔には酒徳利を抱えた狸《たぬき》のような愛敬《あいきょう》があり、どこかとぼけた表情がえも言われぬおかしみを醸している。

それが、桑野益五郎が教える道場の稽古風景を、出入口に突っ立ったままぼんやりと眺めて、

「ああ、これはよい。いや、堪《たま》らぬ。しかし見事じゃ……」

などとぶつぶつ呟《つぶや》いていた。

ちょうど、桑野の娘・千春と二人で、ふかし芋の差し入れをしようとして、綾は芋を載せた笊《ざる》を手に道場へ向かっていたのだが、この不思議な来訪者に遭遇し、思わず立ち止ってまじまじと眺めてしまった。

「うむ……、好い匂《にお》いがする……」

不思議な来訪者は、人の気配より先に芋の匂いに気付いたようで、綾と千春に振り返って、

「おお、これはお邪魔を致しておりまする……」

と、小腰を屈《かが》めたが、その途端に〝ぐぐッ〟と腹を鳴らせた。

綾と千春は吹き出しそうになるのを堪《こら》えてこちらも会釈を返し、

「おひとついかがですか……」

と、綾がひとつ勧めた。

「いや、これは、畏《おそ》れ入りまする。ああ、実にうまそうな……。いや、いかぬいかぬ、これはこちらの御門人のための芋でござるによって……」

「いえ、数は十分に足りておりますからご遠慮なく」

「左様でござるか。ならば馳走《ちそう》に与《あずか》りまする……。うむ、うまい……」

そうして遠慮したわりには、受け取るやすぐにこれを胃の腑《ふ》に収めてにこりと笑った。

やがて、桑野益五郎が応対に出ると、彼は堂城鉄太郎と名乗った。

聞くところによると、鉄太郎は桑野道場が出来る少し前に、この近くにある百姓家を借り受け、これを剣術道場の体裁にしていたというのだ。

しかし、この百姓家は背の高い葦《あし》の群れの中に隠れていてまったく目立たない。

それで、

「えいや！　と草を刈るうちに、こちらで何やら普請が始まった様子が窺《うかが》い見られましてな……」

何が建つのかと思いきや、あれよという間に剣術道場が出来てしまったのだという。

「てことは何かい。その堂城さんにしてみれば本所出村町に道場を開いた途端、近くに商売仇が現れたってわけかい」

「そういうことなのです」

「はッ、はッ、こいつは綾坊が言うように、まったくお気の毒だな」

竜蔵は話を聞いて失笑した。

「これはまったく気付かなんだ。いやいや、当方が後から稽古場を建てたと申しますに、御挨拶《ごあいさつ》にも伺わず、真に御無礼申し上げました……」

五十になってやっと自分の道場を持った桑野益五郎は、苦労人であるだけに堂城鉄太郎に気遣って恭々《うやうや》しく頭を下げたのだが、

「いやいや、葦野に隠れた百姓家を、誰が剣術道場と思いましょう。某《それがし》は文句を申しに参ったのではござりませぬ」

鉄太郎はこれにかえって恐縮した。

自分の場合は剣術道場を構えるというより、近在の百姓衆相手に武芸のひとつ教授して、己が一人の糧を得られればよいと思い、住まいを道場風に仕立てた程度のもので、

「何よりも、竹刀の響きに引かれて参ったのでござるが……。いや、桑野先生の御指南ぶりを窺いまするに、ほんの真似事《まねごと》とは申せ道場を構えようとしたことが恥ずかし

ゆうござりまする……」

その申しようは爽《さわ》やかで卑屈な様子はまるでなく、大いに好感を持てるものであったという。

桑野は鉄太郎を気に入って、当道場にもしも近在の百姓衆が武芸を習いたいなどと来ようものなら、これには皆堂城鉄太郎先生を訪ねるように申し伝えまするると約束をした上で、

「これも何かの御縁でござる。時にお手合せを頂き、某の弟子達にも稽古をつけてやってもらえませぬかな……」

と声をかけた。

「それはありがたい！　いや、ふむ、忝《かたじけの》うござりまする。これで日々の張り合いができ申した」

堂城鉄太郎は桑野の申し出に大喜びして、それから自分の道場は開店休業状態にした上で毎日のように桑野道場へと通ってくるようになった。

また、道場だけでなく、そっと学問所を窺い見て、

「ふむ、ふむ、なるほど……」

と、大樹の講義に耳を傾けるのだが、何かというと、

「ふむ、ふむ……」

と、大きな鼻息をたてるものだから、鉄太郎の存在はすぐにわかるのだ。

綾も千春も、珍しいもの好きの志津も鉄太郎の様子をおかしがり、志津などは何かと言うと、

「ふむ、ふむ……」

と相槌《あいづち》を打つのが癖になっているそうな。

「お袋殿も小娘のような真似をする……」

竜蔵の父・虎蔵《とらぞう》も、何かというと人の特徴をおもしろおかしく取りあげては、これをからかい気味に言いたてるところがあったが、母・志津もまた人の真似をして一人悦に入《い》る癖がある。

このような二親を持つ身なのであるから、自分が少々不真面目《ふまじめ》なのは不運な宿命なのだと竜蔵は苦笑いを浮かべたが、その一方でこの堂城鉄太郎という男に会いたくて仕方がなくなってきている。

剣の腕の方は、桑野より少し劣るくらいに見えると綾は言う。

「それで、その堂城鉄太郎っていう鼻息の荒い気の毒な御仁に稽古をつけてやってくれと、桑野さんは言っているわけだな」

鉄太郎は桑野から竜蔵の噂《うわさ》を聞いて、竜蔵と竹刀を交えてみたくなったようだ。話から察すると自分より随分と年上であり、稽古をつけるというのもおこがましいが、いつでも来てくれるようにと竜蔵は綾に伝えた。

「わかりました。きっと堂城先生は、ふむ、ふむ、それはありがたい……。などと大喜びなさいましょう」

綾は桑野益五郎からの言伝をすませると、いかにも楽しそうな表情を浮かべて笑い声をあげた。

芯《しん》は強くとも、子供の頃はどちらかというと控え目な気性であった綾であるが、この三年の間に随分と快活になったものである。

美しい大人の女に成長した今、ちょっとばかり人を食ったような強さが前面に出てきた様子は、

――まるでお袋殿だ。

中原大樹の国学の書生達の中で、綾に想《おも》いを寄せる者は少なくないようであるが、これでは手に負えまい。

父・森原太兵衛と死別した綾を、志津に託したのは竜蔵自身であるが、今となってはそれがよかったのか悪かったのか――。

いずれにせよ、楽しそうな綾の様子を見ていると、大切な者達への用心になればと、桑野益五郎に持ちかけて出村町に道場を開いてもらったのはよいが、何やら自分一人が蚊帳の外にいるような、少しばかりおもしろくない気持ちが竜蔵の胸の内にもたげてきた。

三

その翌日。

三田二丁目の峡道場に、件《くだん》の〝鼻息の荒い〟剣客・堂城鉄太郎がやってきた。

地味な茶の綿入れに濃紺の袴《はかま》をはいた姿は、武芸に鍛えられた物腰と相俟《あいま》って、いかにも武骨者の風情を醸していたが、綾から聞いていた通り、その表情にはふっくらとした狸のような愛敬が浮かんでいて竜蔵の心を和ませてくれた。

「これは初めて御意を得まする……」

鉄太郎は名乗をすませると、気持ちばかりの物だと言って恭々しく貧乏徳利を差し出した。

その真面目くさった顔と、時折言葉の端々に交る、

「ふむ、ふむ……」

という鼻息の荒さが綾から聞いていた通りで何ともおかしくて、

「そのようなお気遣いは御無用になされませ。いやいや、噂に違《たが》わぬお人柄に触れまして嬉しゅうござる」

竜蔵はまず豪快に笑ってみせた。

たちまち鉄太郎の顔も綻《ほころ》んで、

「いやいや、ふむふむ、御貴殿こそ、某が桑野先生を始め御学問所の皆様からお聞き致した噂に違わぬ、豪快なお方にござりまする。ふむ、ふむ、真にお会いできてよろしゅうござりました」

これは訪ねて来た甲斐《かい》があったと喜んで、すぐに稽古となった。

剣に生きる者同士のことである。

一通りの挨拶がすめば、あとは竹刀を交えることで理解を深めるばかりである。

竜蔵がざっと綾を通して聞いたところによると——。

堂城鉄太郎は上州安中《じょうしゅうあんなか》の出であるという。祖父は安中城主・内藤丹波守《ないとうたんばのかみ》に仕えていたが、丹波守が三河挙母《ころも》に転封となった折に致仕《ちし》し、浪人となって安中の地に残った。

代々武芸に秀でた家系で、父は一刀流の達人・根岸文右衛門《ねぎしぶんえもん》の師範代を務めていて、同じく根岸門下で一刀流を修めた鉄太郎は、剣才を期待されて、時の安中城主・板倉《いたくら》肥前守《ひぜんのかみ》に召し出され近習《きんじゅ》として仕えることになった。

しかし、宮仕えの身では真の剣の修行も覚束無《おぼつかな》くなり、己が剣を求めんとして再び浪々の身となり、安中を出て諸国を巡ったのだという。

「今思えば若気の至りでござったが、ちょうど妻とも死別し、すでに父母も無く、もはや仕官の道に未練ものうなったのでござる……」

己が剣を求めんとして——という鉄太郎の心境に、峡竜蔵は自分に相通ずるものを覚えた。

剣の道は、他人が己をどう思うかではない。己が己の剣をどう思うかに尽きる——。

それが峡竜蔵の信条であるからだ。

堂城鉄太郎が、一人の門人もいない道場で一人暮らしている身の上であることも、同じような時期を過したことのある竜蔵にとっては親しみが湧《わ》いた。

まずは竜蔵共々、道場に元立ちとして出て、鉄太郎は神森新吾、津川壮介、北原平馬という峡道場の新鋭に稽古をつけた。

防具着用の上の稽古のことで、若い三人は体力にものを言わせ次々に技を繰り出して鉄太郎にかかっていったが、さすがに一廉《ひとかど》の剣客である。

何とか相手になるのは新吾だけで、壮介と平馬は軽くあしらわれてまるで歯が立たない。

一通り門人と稽古をしてもらった後、いよいよ元立ち同士の稽古となる。

竜蔵は鉄太郎としばしの間竹刀を交えたが、四十を過ぎた鉄太郎の体の動きに素早さはないものの、重いしっかりとした打突が剣先をそらさず静かに襲ってくる。

円熟味が増してきた峡竜蔵から二本を続けて取ることはさすがに難しいが、鉄太郎の腕のほどは大したものである。桑野益五郎より少し劣るくらいではないかと綾は言ったが、

——もしかして、桑野さんより強いかもしれぬ。

四十を過ぎた年齢が、堂城鉄太郎のがむしゃらを抑え、剣を上品に仕立てているだけなのかもしれないと竜蔵には思えた。

となれば、防具を脱ぎ捨て真剣にて渡り合えば、

——果しておれは勝つことができるであろうか。

一瞬そんな凄味《すごみ》さえ覚えたが、

「ふむ、ふむ……」

竜蔵の技が決まる度に、感心して大きく鼻息を鳴らす鉄太郎のおもしろさが、一方でそのような緊張を和《やわら》げてしまう。

稽古が終った後、

「堂城先生の剣は真に不思議でござるな。空恐ろしい威力を秘めていながらまるで殺気が漂ってこぬ……」

竜蔵は今日立合った感想をそのように述べて、それゆえに楽しく竹刀で打ち合うことが出来て、好い稽古となったものだと、鉄太郎との出会いを喜んだ。

それから後は酒となった。

「いやいや、今日持参致したあの徳利の酒をこちらで頂きましょう。稽古をつけてもらった上に馳走に与るわけには参りませぬ……」

鉄太郎は、そう言って一献差し上げたいと言う竜蔵の申し出を一旦《いったん》は断ったが、

「いや、今日はこの竜蔵の顔を立てて下さりませぬか、実はあの出村町の地に稽古場を構えてはどうかと桑野さんに勧めたのは某でござってな。お詫《わ》びを申し上げねば気が済まぬのですよ」

竜蔵は無理からに鉄太郎を芝田町二丁目の居酒屋〝ごんた〟に誘ったのであった。

〝ごんた〟には竹中庄太夫と神森新吾が相伴した。

網結の半次は今日の稽古に顔を見せていたのだが、〝ごんた〟に誘ったものの、

「あっしは野暮用がございまして……」

と、早々に道場を出ていった。

半次はよほど気心が知れぬと、他人と酒席を共にすることはない。目明かしという顔を持つ者がいると、

「酒がまずくなりやしょう……」

と言って遠慮するのだが、本心としてはいつ何時、御上の御用で人の周囲をうろつくことになるやもしれぬ身ゆえに、た易く人と交誼《こうぎ》を重ねてはいけないと思っているからであろう。

竹中庄太夫からそのことを耳打ちされてから、竜蔵は声をかけることで半次への気持ちは伝えるが、強いて酒席に誘うことはなかった。

そして、網結の半次のこのような心得と気遣いがあるゆえに、峡竜蔵は日頃から何の憂えもなく酒席に没頭できるのである。

元より堂城鉄太郎にはそんな峡道場内の機微などは知る由もない。

店の主の権太《ごんた》が、入道頭から湯気を立てながら拵《こしら》えてくれる、海老《えび》や平目といった芝魚をふんだんに使った料理に、

「ふむ、ふむ、さすがは海に近いゆえに、斯様《かよう》なものが食せるわけでござるな。某が育った上州には海がござりませなんだゆえ、まったく珍しゅうござる。ふむ、ふむ、

これはうまい……！」

と、鼻息も荒く舌鼓を打ち、権太の顔を大いに綻ばせたのである。

このような愛敬のある堂城鉄太郎である。

竜蔵と同じく、今日が初対面である竹中庄太夫は、歳も近い鉄太郎のために何か世話を焼きたくなったのであろう、酒が進むにつれて鉄太郎の道場経営のことについて、あれこれ助言を与え始めた。

「近在のお百姓衆に剣術を指南しようというお考えはなかなかようござりまするぞ」

「竹中殿はそう思われるか」

「はい。何と申してもお百姓衆相手ですと、食べることにこと欠かない。その上に、自ら畑仕事をしようとした時は、あれこれお百姓が指南をしてくれましょう」

「なるほど、ふむ、剣の弟子が転じて、農学の師となるわけでござるな」

「いかにも」

どこからくる自信なのかわからないが、庄太夫はもっともらしく頷いてみせた。

「とは申せど、一月になろうかというに、門を叩《たた》く者がまだ一人もおりませぬ……」

「一月くらい何ほどのものでもござらぬ。わたしのところなどには、半年ばかり入門を望む者は現れませなんだ。で、やっと来たと思ったのがこの庄さんでしてね」

竜蔵は懐《なつか》しそうに笑ってみせたが、庄太夫はいたって真顔で、

「武芸場には何か看板のようなものを掛けておいでで……？」

「看板とまではまいらぬが、武芸場の掛札ばかりの大きさの板に、一刀流剣術指南と書いて、家の出入口の柱にかけておりまするが……」

「家の出入口に、武芸場の掛札ばかりの板に書いて……。う〜む、それでは人目につきませぬな」

「左様でござるかな」

「家の出入口に歩み寄ってまで見る者など、まずおりますまい」

「それは確かに……」

「百姓家に手を入れたお稽古場であるとか」

「いかにも」

「ならば表に庭くらいはついておりましょう」

「庭と申すべきか、小さな畑と申すべきか……」

「まず門を設《しつら》えられませ」

「門を……」

「門がないと、門を叩く者も現れませぬ。柱を二本立てるだけでもようござる。そこ

へ、ここが武芸場であることがわかるように某の背丈くらいの板に剣術指南と認《したた》めてお掛けなされ。人の目につくこと間違いなしでござるぞ」

「なるほど……」

「二刀流剣術道場と大書されてもようござるな」

「一刀流剣術……道場……と」

「いかにも、そもそも道場という言葉は、仏法の修行場のことを申しまするゆえ、殺伐とした様子が和ぎましょう」

「ふむ、道場と大書致しまするか。しかし、考えてみれば、某が道場を名乗ると堂城道場となって、いかにも言い辛《づろ》うござるな」

「はッ、はッ、左様でござりましたな……」

その真面目くさった言いようがおかしくて、真剣に己が道場経営論をぶっていた庄太夫も思わず破顔した。

これには竜蔵と新吾も大いに笑って、そのうちに峡竜蔵門下こぞって堂城道場へ出向き、皆で門柱を立て、庄太夫の手による看板を掲げにいこうではないかと話が盛り上がった。

「いやいや、ふむ、ふむ、方々は素晴らしい御方ばかりでござる。何と申しても口から出る言葉がどれも先へ向いておりまする」

鉄太郎は酒に酔ううちに、こんなことを言って感じ入った。

「言葉がどれも先を向いている……。おもしろいことを申されますな。先を向いているとはいかなることにござるかな」

何事においても哲学的な庄太夫は、このような物言いにたちまち興をそそられ、質問を投げかけた。

「ああ、これはわかったようなことを申しました。つまり、明日という日に何をしよう。明日という日にはこうなっていたい……。峡先生を始め、方々のお言葉には、そんな勢いがある……。実に羨《うらやま》しいと思うたのでござる」

鉄太郎はしみじみとして応えた。

「堂城先生のお言葉にもえも言われぬ勢いがあると存じまするが、それは先を向いておらぬのでしょうか」

若い新吾には鉄太郎の言葉の意味がまるで呑《の》みこめずに、首を傾《かし》げるばかりであったが、

「そのように思うて下されるならばありがたい。だが神森殿、あれこれしくじりを重ねて歳をとると、言葉を飾る術《すべ》がいつの間にか身につくのでござるよ。本当の某は

色々な思い出に言葉も縛られていて、なかなか先を向くことができぬ、意気地のない男なのでござるよ」

鉄太郎はそう続けて、にこやかに庄太夫を見た。

貴殿ならばおわかり頂けるのではないか——。

鉄太郎の目はそう語っていた。

竜蔵は年長の二人のやり取りを、口を挿《はさ》まずに黙って聞いている。

昔の竜蔵であれば、

「そんな坊主の問答みてえなことはどうだっていいよう」

などと言って、流行歌《はやりうた》のひとつも歌い出して、パーッと酒席を盛り上げたかもしれないが、近頃はこういう話にじっくりと耳を傾ける余裕ができた。

そういう竜蔵に目を細めつつ、庄太夫は鉄太郎に、今度は自分が語る番であるとて口を開いた。

「堂城先生の申されることはようく、わかりまする。この庄太夫とて、様々な思い出に縛られて、すっかりと短こうなった先行など考えとうもない……。そのような気になったこともござりました」

「竹中殿にもそのようなことがござりましたか」

　鉄太郎は少しばかり身を乗り出して、

「竹中殿がどのようにして、四十を過ぎてなお、生き生きと明日に望みを託せるようになったのか、知りとうござる」

　と、庄太夫に訊ねた。

「身にまつわりつく嫌な思い出の蔓《つる》を、一刀両断にしてくれる人を見つけたからでござる」

　庄太夫は嬉しそうな表情を浮かべて、竜蔵の方を見た。

「おれのことかい……？」

　竜蔵は少し目を丸くして、照れ笑いを浮かべた。

　庄太夫は大きく頷いた。

「わたしの取るに足りない知恵をありがたがって下された上に、それを役に立てて下された。ああ、自分もまだ捨てたものではない。そう思った途端に、この体を縛りつけていた嫌な思い出の蔓がぷつりと切れてなくなったのでござりまするよ」

「ふむ、ふむ、ようわかりまする。己がことを大事に思うてくれる人がいる……。なるほど、その人のために明日を生きていけるということでござるな」

　自分に若さがないのであれば、若さを引っ張ってくれればよい。

一人でくよくよとするならば、誰か自分をわかってくれそうな相手を見つけて、その相手を通して自分の力を発揮すれば明日に望みも湧くものである。

庄太夫の言うことは、年々わかり易く、かつ味わい深いものとなっている。

何度も何度も頷いて、その言葉を噛《か》みくだこうとしている堂城鉄太郎の様子を眺めながら、竜蔵はいつしか自分が、竹中庄太夫にからみつく悪《あ》しき思い出の蔓を斬《き》っていたことに気付かされ、深い感慨に襲われたが、

――調子に乗ってわかったようなことをぶってしまいました。助けて下さりませ。

ふと見ると、庄太夫はそんな決まりの悪そうな表情を浮かべて、竜蔵に祈るような目を向けていた。

あれこれ蘊蓄《うんちく》を傾けても、その場が打ち沈んでしまうことを何よりも嫌う竹中庄太夫なのである。ここは竜蔵が助け船を出す番だ。

「さて、そのうち堂城道場にも、この庄さんのようなおもしろい男が現れましょう。まず今宵は堂城先生の本所出村町での首途《かどで》を祝ってどんどんやりましょうぞ」

竜蔵は権太に酒を絶やさぬように頼むと、鉄太郎を誘って店の庭へと出た。

今日は権太が竜蔵のために篝火《かがりび》を焚《た》いてくれていた。

二年前のことであっただろうか。

竹中庄太夫が、〝ごんた〟の庭に立つ枝ぶりのよい一本の桜を夜に愛《め》でようと、篝火による観桜の宴《うたげ》を催した。

それ以来、桜の頃となると庭に篝を引っ張り出すのが恒例となっている。

「ふむ、これはまた美しい……」

たちまち堂城鉄太郎の表情は、夜桜の魅惑に触れいつものおかしみのあるそれに変じて、その鼻息が一層荒くなった。

四

その夜、堂城鉄太郎は、

「ふむ、真に楽しい……」

と盃を重ね、したたかに酔った。

それほど酒の方は強くないようだ。

峡竜蔵は道場に泊っていくように勧めて、鉄太郎は恐縮しつつも竜蔵の言葉に従った。

しかし、決して母屋へは上がらず、道場の控え場で寝ると言ってきかずに朝を迎えた。

花冷えに寒気が押し寄せていたが、早朝から竹中庄太夫がやってきて、鉄太郎のために温かい味噌汁《みそしる》を拵え、朝餉《あさげ》の用意を調えた。

「いや、昨夜はちと調子に乗って、下らぬことをあれこれ語ってしまった上に、斯《か》く御迷惑をかけてしまいました」

さすがに廻国《かいこく》修行をこなしてきた剣客である。朝の身繕いは手早く、凛《りん》として竜蔵と庄太夫の前で威儀を正した。

控え場を出ぬ鉄太郎のために、竜蔵は自らもここへ出向き庄太夫と三人で朝餉をとりながら、

「お顔の色もよいようで安堵《あんど》致しました。夜中に二度ばかり厠《かわや》へ立たれた由。ちと酒を勧め過ぎたかと気になりましてな」

と、鉄太郎を気遣った。

「ああ、起こしてしまいましたか。僅《わず》かな気配でも目覚められると存じまして、そうっと厠に立ったつもりでござったが、いや、申し訳ございませなんだ……」

鉄太郎は頭を掻きながら不覚を詫びたが、酒席で一瞬見せた屈託はどこかへ吹きとんだかのように、その表情は真に清々しいものであった。

物腰や挙作動作のひとつひとつにおかしみがあり、己が剣を求めて飄々《ひょうひょう》と生きてい

るかのような堂城鉄太郎にも、あれこれと人に言えぬ過去があり、その呪縛《じゅばく》に今も苦しめられている。

——人というものはわからぬものだが、それゆえに触れ合ってみるとこれほどおもしろいものはない。

竜蔵は新たな人との出会いによって、またひとつ自分が大人になったような気がして、それから数日の間喜々とした様子で、堂城鉄太郎と稽古を共にした。

「そのうちに一度、某が出向きましょう」

竜蔵はそう言ったが、

「いえ、こちらの稽古場は実に素晴らしい……。どうか、この先もここで某に稽古をつけて下さりませ」

三田二丁目の峡道場は、鉄太郎が長く通った上州安中の稽古場によく似ているらしい。

どうやらそこでの思い出は、身にまつわる嫌な思い出ではないようだ。鉄太郎はせっせと通ってきては竜蔵と竹刀を交えた。

立合は必ず竜蔵に分があり、鉄太郎はなかなか一本を取れずに、ここぞというところで小手を打ち込めばかわされて面を打たれ、面を狙えば胴を抜かれるといった具合に、竜蔵に一本を許した。

若い津川壮介と北原平馬は、鉄太郎の剣を、

「強いお方ではあるが、ちと不用意に打ち込み過ぎではなかろうか」

と生意気に陰で評したが、

「違う。あれこそあるべき稽古の姿なのだ」

神森新吾にそのように窘められた。

剣を学び、少し強くなると、相手に技を許さず何としても自分の技を決めてやろうと躍起になるものだが、

「それでは技は伸びぬ。己が技がいかに未熟かを知るためには、まず次々に相手に己が技を繰り出し、見事に返されることが大事なのだ。堂城先生は峡先生との稽古でそれを試されているのに違いない」

新吾はそう言うのだ。

後にこのことを伝え聞いた竜蔵は、

「新吾め、わかったようなことを吐《ぬ》かしやがる……」

憎まれ口を叩きつつ苦笑した。

「稽古場では何遍斬られたって死なねえんだ。ここで思い切り斬られておくがよい

さ」

もう少し若い弟子達が力をつければ、こう言い聞かせようと思っていたのだが、その言葉を言わずともよくなったゆえの苦笑いであった。

堂城鉄太郎は、五日の間熱心に峡道場に通い続け、

「真に忝うござりました。この五日の間峡先生に御教授頂いたことを、己が稽古場にて、じっくりと見つめ直しとうござりまする」

五日目の稽古が終ると深々と頭を下げて、本所出村町へ帰っていった。

酒を酌み交したのは初めの日だけで、それ以降は道場を訪ねてきてはにこやかな笑顔を振りまき、黙々と稽古に励んでまた帰っていくという日々を続けた鉄太郎であった。

自分より十歳以上も歳上でありながら、若い剣士に負けぬ気合でかかってくる鉄太郎との立合は、竜蔵にとっても後になって疲労が襲ってくるほどに充実したものとなった。

それから十日ほどが経《た》ち、綾がまた中原大樹から託かったという書を手にやってきたが、堂城鉄太郎のことを問うと、あれ以来桑野道場にも顔を出していないという。

桑野の娘・千春はこれを気にかけて、綾と二人で、葦に埋《う》もれていたという鉄太郎の

住まいに、一度芋の差し入れに行ってみようかと言い出したのだが、

「堂城殿にもあれこれ修行のしようもあるはず、きっと竜蔵殿との稽古によって、あれこれ考えさせられるものがあったのであろう。そっとして差しあげればよろしい」

桑野はそう言ってこれを止めた。

「しかし父上、荒れた地にぽつりと建つ一軒家におひとりで……。お寂しくはないのでしょうか」

このところは、母・初枝の体調もよく、他人への気遣いができる余裕ができた千春であった。

「男というものは寂しい時を過ごすことで大きくなるものなのだ。それから逃げて人に群れるような者はつまらぬ。それでよいのだ……」

桑野は娘の成長を喜びながら、さらにそう言ったという。

「いかにも桑野さんらしい」

綾から話を聞いて、竜蔵はなるほどと頷いて、百姓家に設えた道場で一人稽古に励む、堂城鉄太郎の姿を思い浮かべた。

「時に竜蔵さん……」

しかし、その想いを綾が打ち消した。

「中原先生から、先日お渡しした書についての竜蔵さんの御所見を訊ねてくるようにと申し付けられておりますが……」

「おれの所見……？　あの、国学の難しい書のことかい」

「そうです。竜蔵さん、まさかまだ一冊も読んでいないというわけでは……」

「いや、ふむ、ふむ、それはだな……」

まるで読んでおらぬ竜蔵は、堂城鉄太郎の真似をして鼻息も荒く、

「綾坊、何か適当に所見をみつくろって、先生に応えておいてくんな。ふむ、それがよい。おれはちと用があるので御免……」

そう言い置くと慌《あわただ》しく道場を出た。

「竜蔵さん……！　そんなことを言われても困ります……！」

綾は竜蔵のいい加減さを詰りながらも、堂城鉄太郎の真似がおかしくて、ほがらかに笑い声をあげた。

「竜蔵さん、ごまかされませんよ……」

後を追って表へ出たものの、既に竜蔵の姿はなく、柳の緑が春風にゆったりと揺れていた。

竜蔵が綾に用があると言ったのは方便ではなかった。

この日、竜蔵は眞壁清十郎と会うことになっていたのだ。

先日――。

堂城鉄太郎が峡道場での五日に渡る稽古を終えると、それを見計らったように清十郎からの遣いが来た。春日明神社の本社の前にいるゆえすぐに来てもらいたいとのことであった。

わざわざ目と鼻の先まで出張ってきて、遣いまでをたてて呼び出すとはただ事ではない。すぐに駆けつけてみると、清十郎は微行姿《しのびすがた》で深編笠《ふかあみがさ》を被《かぶ》っていた。

早速境内の裏手で用件を聞くと、清十郎はまずいかにも彼らしく、突然の呼び出しを生真面目に謝して、

「このところ大原備後守が、茶の湯に耽っているという話は致したな」

と、低い声で言った。

「ああ聞いたよ。茶道具商が何人も出入りしているんだろう」

「その茶道具商のことを念のために調べてみた」

「さすがは大目付の側用人だな。中に怪しい野郎はいねえか洗ってみたわけだ」

「いかにも……」

「一人だけ……本田屋惣左衛門《ほんだやそうざえもん》という男が引っかかった」

「で、どうだった」

大原家出入りの茶道具商については、佐原家出入りの同業の者からあれこれ情報を集めた上で割り出した。

高家に出入りするほどの茶道具商であれば、すぐに身許が知れようものである。

しかし、この本田屋という茶道具商についてはおかしなことになっていた。

「手前どもとはお付き合いがございませぬゆえに、いったいどのようなお方なのか一向に存じませぬ……」

と、首を傾げた。

あるいは上方から近頃やって来たのかもしれないが、いずれにせよ大原様がよほどお気に入られているのであろうと言うのだ。

「実は茶道具商が表看板の食わせ者かもしれぬな」

「いかにも……。大原備後守のことだ、何を企んでいるやしれぬ。だが、町場の茶道具商一人を調べるのに、当家が大っぴらに動けば目立つやもしれぬ」

「まず小回りの利く者にそれとなく探りを入れさせたい……。そういうことだな」

清十郎は笠の内で大きく頷いた。

時の大目付の下で機動力を発揮する眞壁清十郎の勘では、どうもこの本田屋という茶道具商が胡散臭《うさんくさ》くてならないのである。

竜蔵は清十郎から入用にと渡された五両を手に、これをそっと網結の半次に頼んだ。

半次に異存はない。すぐに探索の網を投げかけ、この日、その報告を秘密裏に竜蔵と清十郎にすることになっていたのだ。

密談の場は、芝神明宮参道にある〝あまのや〟という茶屋の離れの一間とした。

竜蔵が到着すると、眞壁清十郎がすでに来ていて、網結の半次が来るまでの間、しばし剣術談議に時を費した。

未《いま》だに桑野道場に顔が出せていないことを、律儀な清十郎は気にかけて竜蔵に詫びたが、竜蔵は近頃出会った堂城鉄太郎について語った。

そのどこかおかしみのある人となりと、四十になる剣客が内包する悲哀。さらに打たれても打たれてもなお、黙々と自分の技を真《ま》っ直《す》ぐに打ち込んでくる剣風――。これから新たな付き合いが生まれそうな予感がする男の登場を、竜蔵は無二の友である眞壁清十郎に話したくてうずうずとしていたのである。

清十郎はにこやかにこれを聞いていたが、

「その堂城殿は、いつか竜殿に勝ちたいと強く思っているのかもしれぬな」

やがてぽつりと言った。

「どういう意味だい」

「技を打ち返されることで、竜殿の剣の動きを読み取ろうとしているのかもしれぬということだ」

「なるほど、おれは一本取っているつもりだが、実は打たされていたということか」

「相手の打ちを喰《くら》う度に、相手の剣が見えてくる……。実は某も、あまり竜殿に稽古で勝てぬものだから、これはまずひたすら負けることで、竜殿の癖を引き出してやろうと思ったことがあったのだ」

「何だい、清さん、そんなこと考えていたのかい」

「ああ、考えていた」

「おれにはどんな癖があるんだ？　友達の誼《よしみ》だ。教えてくれ」

「ふッ、ふッ、大したことではないのだ。竜殿は気に入った相手には楽しくなるのか、自分の方からどんどん打ち込んでいく……」

「なるほど、そう言われてみればそうかもしれぬな」

「それゆえに、一か八《ばち》か相打ち覚悟で挑めば、たまさかにこちらの技が入ることもあるというものだ」

「なるほど出合い頭を拾われることがある……。ありがたい、その忠告、確《しか》と胸に刻んでおこう。うむ、持つべきものは友だな」

竜蔵と清十郎はふっと笑い合った。

「お待たせいたしました……」

そこへ、網結の半次がやってきた。

「おお、これは親分、この度は手間をかけてすまぬな」

折目正しい清十郎の辞儀に、

「とんでもねえ。相手はあっしらにとっても仇敵《きゅうてき》でございますから……」

半次はまず恐縮したが、その表情はどうも重苦しいものであった。

それが、半次が何か摑んだことを如実に表していたが、報告の次第は老練の目明かしである半次に任せておけばよい——竜蔵と清十郎は静かに耳を傾けた。

「早速申し上げます……」

半次は二人に近寄って畏まると、本田屋惣左衛門という茶道具商のことについて報告し始めた。

「確かに、そのような茶道具屋はあるにはありやす……」

浅草黒船町の真ん中の、少し奥まった路地に〝茶道具御用〟などと書かれた形ばかりの看板があがっていて、媚茶色《こびちゃ》の長暖簾《ながのれん》の隅に本田屋と染め抜かれているという。

「店というよりは洒落《しゃれ》た仕舞屋《しもたや》って風で、中は狭え土間の向こうに座敷が二間続きになっておりやして、茶釜《ちゃがま》やら茶碗《ちゃわん》やら、ちょっとばかり茶道具が並べてありやす」

惣左衛門という主人が店にいることはほとんどなく、若い手代風の男が二人ほど店先に詰めているが、長暖簾の向こうに客がいるかどうか、普段はよくわからないという。

あれこれ聞き込んでみると、店が出来たのはごく最近で、主人は上方からやってきたというが、店は飾りのようにしか見えない。

「それで、何をしているかというと、やはり三日に一度は鍛冶《かじ》橋にある大原備後守の屋敷へと出かけているようで。まあ、茶道具屋というより、茶の湯の宗匠を気取ってお殿様のお相手をしているってところなんでしょうが、その一方で剣客を贔屓《ひいき》にしておりやすねえ」

「剣客を贔屓に……」

この言葉に竜蔵が思わず声をあげた。

清十郎の目にも強い光が宿った。

「西本修介《にしもとしゅうすけ》という歳の頃三十五、六の剣客でございます」

本田屋惣左衛門は時折、この西本修介と今戸辺りの船宿で会っているらしい。芸者を呼び酒を飲ませ、幾ばくかの金子を手渡しているようなのだ。

それで、網結の半次が手を尽くして西本修介の住処《すみか》を探ってみると、浅草幸龍寺《こうりゅうじ》裏に小さな道場を構えていることがわかった。

まだ出来たての道場で、門人といっても、近隣の寺侍や浪人が僅かに通っているに過ぎないが、これも惣左衛門の援助によって建てられたもののようである。

道場の看板には西本一刀流剣術指南とあるから、己が流派を創設し江戸で名を揚げようというところであろうか。

「こいつはどうも穏やかではないな……」

竜蔵は苦笑いを浮かべた。

大原備後守の屋敷に出入りしている得体の知れぬ茶道具商が、得体の知れぬ剣客に肩入れをしている。

少し前に備後守の異母弟・笠原監物が、香具師の元締に手を回して竜蔵に刺客を差し向けようとしたがこれに失敗をした。

大原備後守は本田屋を操り、その続きを企んでいるのではないか——。

竜蔵はもとより、清十郎も、本田屋を調べた半次もそう思われてならない。

「その西本修介なる剣客が竜殿や、佐原家に縁ある者の命を狙うために飼われているとしたら、我が殿も随分と見くびられたものだ……」

そのようなことは百も承知で、こちらとて備えを欠かさずにいるものを——眞壁清十郎の涼やかな顔が怒りに歪《ゆが》んだ。

「いや、こいつはおもしろくなってきたってものだ。おれの命を狙おうなどと思っている野郎がいるなど、考えただけでわくわくとするぜ。出村町には今じゃあ桑野さんが稽古場を構えていることだし、心おきなく相手をしてやるぜ」

しかし竜蔵はというと、身に迫るかもしれぬ危険をも修行の内だと楽しむように、来るなら来いと目を輝かせ、清十郎を守り立てた。

「親分、浮かねえ顔をしなくても、おれは大丈夫だよ」

「へい、先生がまさか後れをとるなどとは思っちゃあおりません。ただひとつ気になることがございまして……」

「まだ何かあるのかい」

網結の半次の重苦しい表情にはさらに理由があるようだ。

「それが昨日の晩、西本修介って剣客を張っておりましたら、思わぬことが起こりましてね……」

昨夜、西本は今戸の船宿でいつものように酒を飲んでいた。本田屋惣左衛門の姿はなかったが、恐らくは本田屋の払いで酒食を貪《むさぼ》っているのであろう。

ほろ酔いで上機嫌の様子で、やがて船宿を出た西本の足は、真っ直ぐに彼の道場の方へと向いていた。

今日はこのまま何も変わったことは起こらぬままに終るのであろうかと半次が思った時であった。

「堀川端の向こうから、一人の浪人がやって来ましてね……」

西本と出くわすや、互いに立ち止って対峙《たいじ》すると、やがて二人で堀川端へと寄って二言三言何やら言葉を交わした。

傍へは寄れなかったので、二人が何を話していたかはわからなかったが、いずれも殺気立っていて、ただならぬ様子であったという。

二人はすぐにその場は別れたが、去り際に、

「逃げるではないぞ……」

と、西本が浪人に言い捨てた言葉だけが聞こえた。

やがて、傍の料理屋の軒行灯《のきあんどん》に照らされ明らかになった浪人の顔を見て半次は驚い

た。

憤怒の形相で西本修介と別れ行くその浪人こそ、

「堂城鉄太郎先生だったのでごぜえやす……」

五

その翌日の夕方のことである。

稽古を終えてがらんとした峡道場に、堂城鉄太郎が現れた。

いつもながらの武骨な剣客風の出立《いでた》ちであるが、今日は髭も月代《さかやき》もきれいに剃《そ》りあげられていた。

「無躾《ぶしつけ》にお邪魔を致しまして申し訳ござりませぬ」

その時、竜蔵は道場で一人、真剣で型の稽古をしていたのだが、刀を鞘《さや》に納めると、

「まずお上がり下されい」

にこやかに応対して、鉄太郎を道場へ請じ入れた。

「生憎《あいにく》、少し前に稽古は終りましたが、お望みとあればお相手致しましょう」

今日の鉄太郎の様子は、いつものどこかとぼけたおかしみのあるものではなく、真に落ち着き払った剣術師範の物腰がいかめしく、竜蔵の態度も自《おの》ずと改ったものとな

った。

「いや、本日は貴殿にお願いの儀があって参りました」

「わたしに願い……」

「はい……」

「まず承りましょう」

いつものように一人残っていた竹中庄太夫が薄闇《うすやみ》に包まれ始めた道場に、燭台《しょくだい》を置いてこれに明かりを灯《とも》すと、

「ごゆるりと……」

込み入った話になりそうだと、気を利かして辞去した。

「忝うござる……」

鉄太郎は去り行く庄太夫に深々と頭を下げた後、上目遣いに竜蔵を見て、

「某、明日真剣勝負を致すことになり申した……」

と、静かに言った。

「左様でござるか……」

竜蔵は驚かぬ。

剣客としての道を生きてきた男には、何も珍しいことではない。

「その相手の名は、聞かずにいて下されい」

「ならば問いませぬ」

「忝うござる」

「して、わたしに願いの儀とは」

「まずこれをお預かり下さりませぬか」

鉄太郎は懐から手拭《てぬぐ》いにくるんだものを取り出し、目の前に広げて置いた。

手拭いには二十五両の金子が包まれてあった。

「この金子を預かるのはよろしいが、堂城先生と再び会えぬその時は……」

「安中に住む、倅《せがれ》・銀之助《ぎんのすけ》に渡してやって頂きとうござりまする」

「銀之助殿……。安中に御子息がおられたのでござるか」

「いかにも……。これは些少《さしょう》ながら、峡先生への御迷惑料としてお収め願いとうござりまする」

鉄太郎は五両の金子が入った紙包をさらに目の前に置いた。

竜蔵はその五両には目もくれずに、

「この二十五両の金子にも、何か曰《いわ》くがあるようですが、それも問わずにおきましょう。ただひとつ聞いておきたいことがござりまする」

「はい……」

「貴方は色々な思い出に言葉も動きも縛られていて、なかなか先を向くことができぬと申されたが、そのひとつが息子殿のことでござったのかな」

「いかにも左様でござる。思えば愚かにして血で染った日々を送って参ったものでござる。ふッ、ふッ、お笑い下され。己が剣を求めて仕官の道を捨てて諸国を巡った……などとは身を飾るための方便……。その実は、些細《ささい》なことから同輩と口論になり、ついには忍傷沙汰に及び相手を斬ったゆえ、御家《おいえ》を召し放されたのでござる」

斬った同輩は西本修一郎《しゅういちろう》という、鉄太郎と同じく、剣で仕える近習であった。

その時、まだ息子の銀之助は幼く、諸国を巡って剣で身を立て、一廉の男になってみせると息まく鉄太郎の意に反して、妻は安中に残って銀之助が学問で身を立てられるように育てたいと言い出した。

これに激昂《げきこう》した鉄太郎は妻子を捨て旅に出た。しかし、剣の修行に打ち込んだものの名声はなかなか揚がらず、悶々《もんもん》とした想いで行き着いた上州高崎《たかさき》の地で、旅籠《はたご》の後家の色香に迷いこれと暮らすことに――。

ところがこの女は多情で、鉄太郎の目を抜いては町の若い男を旅籠に引っ張り込むようになった。これを知った鉄太郎はまたも激昂して、おのれ間男めとばかりに、部屋で抱き合う二人を串刺《くしざ》しにして殺害し、また旅に出た。

「そんな浪人が、己が剣を求めるなどとは笑止千万。あっという間に落ちぶれてよからぬ道へ……。人を斬っては旅に出る暮らしが続いたのでござるが、旅の道中、草むらで武家の父子が剣術の稽古に励んでいる姿を見まして……」

子供はまだ十歳に充たないくらいで、父親に袋竹刀で打ち込んではかわされ、倒され、叩かれ、それでも懸命にかかっていく――。

その姿を見ているうちに堂城鉄太郎は、無性に剣術がしたくなった。斬り合いではなく竹刀を交えることで他人と交誼を結ぶことができる剣術を……。

「それから某は、いちから剣術をやり直すつもりで稽古に打ち込みました。ただ黙々と汗を流すことがこれほど楽しいことであったのかと改めて思い知った時、安中に残した倅の銀之助に会ってみたくなった……。ところが、風の便りに銀之助は、母親に死に別れた後学問の道から外れ、悪い仲間と交るようになり、今では武士を捨てやくざ者に成り下がったとか……」

その上に銀之助は借金を重ねて身動きがとれなくなり、まだ十七歳だというのに喧嘩で痛めた足を引きずり、やくざ一家の使いっ走りをしながら、安中城下の伝馬町でごみのような暮らしを送っているそうな。

鉄太郎は語るうちに何とも情けない想いに襲われたか、がっくりとうなだれた。

「息子殿の窮状を知ったものの、堂城先生は真剣勝負を致さねばならぬこととなり、この峡竜蔵を頼られた……。何故《なにゆえ》わたしに？」

竜蔵は真っ直ぐに鉄太郎を見た。

「御貴殿ならば、一度竹刀を交えた相手のことを誰よりも大事に想うて下さろう……。その武士の情けに縋《すが》りたいと、恥を忍んで参ったのでござりまする」

鉄太郎は絞り出すような声で告げると、彼もまた真っ直ぐな目を竜蔵に向けた。

竜蔵はまじまじと鉄太郎の目を見つめていたが、

「畏《かしこ》まってござる。委細承りますゆえ、心おきなく真剣勝負をなされませ」

やがて力強く頷いてみせた。

「ありがたい……。真にありがたい……」

鉄太郎はほっとした表情を浮かべ、目に涙を溜《た》めて深々と頭を下げると、

「この上は未練が残りまするゆえ……。これにて御免仕《つかまつ》りまする」

言うや素早い身のこなしで峡道場を立ち去った。二度と会えぬかもしれぬというのに呆気《あっけ》ない別れ方であった。

竜蔵は大きな溜息をつくと、道場に残された小判が放つ黄金色の輝きを、しばし憎

らしげに眺め、

「安中の地で斬った相手が西本修一郎……か」

野太い声で呟くと、刀架に掛けた愛刀・藤原長綱《ふじわらながつな》二尺三寸五分を手に取りこれを抜刀するや、

「えいッ！」

と虚空を斬り裂いた。

燭台のゆらめく明かりに浮かぶ峡竜蔵の姿は、勇壮にしてどこか物悲しくもあった。

彼は今、自らの体にまとわりつく思い出を斬ったのだ。

六

堂城鉄太郎が真剣勝負をすると言った翌日。

夜になっても鉄太郎は峡竜蔵の前には現れなかった。

いったい勝負に勝ったのやら、負けたのやら——。

負けていれば永遠に堂城鉄太郎は峡道場には訪れまい。

竜蔵はその日、酒は飲まず自ら炊いた麦飯に、生卵を加えたとろろ汁をかけて二膳《ぜん》平らげた後、早めに就寝した。

結局、堂城鉄太郎の姿を見ぬままに床に臥《ふ》せった竜蔵であったが、夜になって春風は強いものとなり、板戸をかたかたと鳴らしていた。

その音にまぎれて、二つの黒い影が、今竜蔵がその身を横たえる母屋の寝所めがけてひたひたと近づいていた。

影のひとつは表から忍び込み、母屋の玄関から迫り、もうひとつの影は裏手から入って、庭に面した寝所に縁側から戸を蹴破《けやぶ》り襲撃を仕掛けるつもりのようである。

その気配に竜蔵はまるで気付いていないようで、道場の母屋は静まりかえっている。

剣客が一人住まう所に、戸締まりなどをしては恰好《かっこう》がつかない――。

日頃そう言っている竜蔵のことである。その寝所には誰でもた易《やす》く忍んでいけるであろう。

しかし、寝所に入ることが出来たとて、峡竜蔵を討ち果すことなど容易ではあるまいに――。

黒い影が峡道場の母屋へと吸い込まれるようにして消えた直後であった。

けたたましい音が峡道場の母屋に響いたかと思うと、ひとつの黒い影が抜身を手に、寝所から吐き出されるように再び庭へと出てきた。

そして低い呻《うめ》き声をあげて、よろめきながら凄《すさま》じい形相で、寝所の縁を振り返ったのは、あの本田屋惣左衛門が肩入れをしているという剣客・西本修介であった。

縁側にはこちらも抜身を引っ提げた峡竜蔵が悠然と立っていた。

「おのれ……」

西本修介の口から血が噴き出した。

西本は裏庭からそっと寝所の内を窺い、竜蔵の寝床めがけて刀を突き入れた。しかし素早い動きで布団の中から起き上がった竜蔵は見事にその一刀をかわし、枕許《まくらもと》に置いてあった刀を取って抜き打ちに斬り捨てたのであった。

果して、高家・大原備後守邸出入りの茶道具商・本田屋惣左衛門が贔屓にする剣客・西本修介は、おぞましき暗殺者であったが所詮《しょせん》は竜蔵の敵ではなかった。

身に一刀を浴びながら、それでも庭へと降り立った西本は、

「おのれ、何故、共にかからぬ……」

もう一度母屋の方へと呻《うな》るように声を発し、そのまま庭の地面に崩れ落ちた。

「共にかかるとは申したが、寝込みを一気に襲うような真似はせぬ……」

この西本の声に、もうひとつの影が応えた。

縁側に立つ竜蔵の向こう、玄関よりの居間に佇《たたず》む影は、なんと堂城鉄太郎その人である。

鉄太郎の応えを聞き終らぬうちに、

「馬鹿な奴めが……」

と、西本は息絶えた。

竜蔵は鉄太郎に向き直った。

「真剣勝負を致さねばならぬ相手とは、この峡竜蔵のことでござったのだな」

鉄太郎は神妙に頷いた。

眞壁清十郎と共に、網結の半次の報告を聞いた竜蔵は、あるいは堂城鉄太郎が西本修介と共謀して竜蔵を殺そうとしているのではないかと予想はしていた。

それが昨日、鉄太郎が息子・銀之助に渡してもらいたいと二十五両の金子を持ってきたことで察しがついた。

そして、存分に真剣勝負に挑まれよと言ったものの、今日この場に鉄太郎が来ぬことを祈っていたものを――。

「峡竜蔵殺しに加担すれば二十五両の金子が手に入る。銀之助殿の危急を救うために引き受けたのでござるな」

「某が大金を摑む術は、もうそれしかなかったのでござる」

「庭で倒れている男に頼まれたのでござるか」

「いかにも。その奴は西本修介。某がかつて安中にて宮仕えをしていた頃の同輩、西本修一郎の弟にござる」

「西本修一郎とは、堂城先生が斬った男でござるな」

「左様……」

喧嘩は両成敗であると、その折西本家も改易となった。西本修一郎の弟・修介もまた剣に秀でていたゆえに、いつか堂城鉄太郎を討ち果すべく廻国修行に出たが、鉄太郎が落ちぶれたと同じく、結局西本修介もやくざ剣客に成り下がり江戸へ流れてきた。

そこへ、自分の腕を買ってくれる本田屋惣左衛門という商人が現れ、峡竜蔵殺しを依頼されたのである。西本はこれにとびついた。しかし、峡竜蔵はなまなかの腕前では倒せぬ男であると知り、仲間を募ろうとしたところに、折よく堂城鉄太郎が江戸にいることを知って話を持ちかけた。

西本にとっては、最早兄の仇討ちなどどうでもよいことで、堂城鉄太郎ならば腕も確かで、兄を殺されたというこちらの強味もある。その上に鉄太郎は息子のことで金が欲しかった。

「そうして、わたしに近付こうとして、出村町の桑野道場に姿を現し、懇意となった上でわたしの稽古場に通い、住まいの様子を探り、峡竜蔵の技を見極めようとした」

「だが、貴殿にはまるで隙《すき》がなかった……。その上、竹刀を交え言葉を交すうち、貴殿の剣とお人柄に惹《ひ》かれ申した」

「それゆえに、二十五両をわたしに託したのでござるか」

「まず貴殿の了解を得た上で今日を迎えたかったのでござる」

「馬鹿げている！　最早この竜蔵を襲う企みはしくじりに終った……。先般預かった二十五両に加えて五両の金子はお返し申す。それを持って御貴殿自ら安中へ行き、銀之助殿に渡されよ」

「いや、それは峡先生と立合い、幸いにも生きていた時のことに致したく存ずる」

「おやめなされい……」

「貴殿と勝負を決してみたくなったのでござる。いや、真に貴殿の剣は素晴らしい。西本を抜き打ちに斬った様子はお見事としか申しようがない。最早某は二十五両の金子を受け取った身。峡先生と剣を交えずにこの場を去れば金を騙《だま》し取ったことになりまする」

　峡竜蔵と堂城鉄太郎は互いにしばし見合ったが、

「わかりました。お望みとあれば、仕方あるまい……」

　竜蔵はついにこれを受けて堂城鉄太郎を道場へと誘《いざな》った――。

「いざッ」

鉄太郎は、この道場で立合える幸せに身震いをしながら抜刀して飛びのいた。

「まいる……」

竜蔵もまた鉄太郎に対峙して、ゆっくりと太刀を抜いた。

何たることか――。

今日のこの果し合いを誰が予想したであろうか。

竜蔵は、命を狙われていることを薄々知っていながらも、まるで堂城鉄太郎を怪しみもせず、交誼を重ねた自分が、何とも滑稽《こっけい》に思えた。

恐らく堂城鉄太郎は、二十五両の金子を手にした時から死に場所を求めていたのであろう。

このまま二十五両の金を持って安中にいる息子に会いにいくことなど、彼にはどうしてもできなかったのだ。

今、堂城鉄太郎の表情には出会った頃のどこかとぼけたおかしみが戻っていた。

――これは斬るか斬られるかの勝負となろう。

竜蔵は動かぬ。

鉄太郎と打ち合った五日の間の稽古の余韻と、眞壁清十郎の助言が、打たされてはならぬと、竜蔵の五感に告げている。

鉄太郎は青眼に構え、己が技を出すと見せかけ、これに応じる竜蔵の技を引き出さんとして、巧みな足捌《あしさば》きで一足一刀の間への出入りを繰り返した。

彼は竜蔵が自分から次々と技を仕掛けてくることを期待していた。その出合い頭に乾坤一擲《けんこんいってき》の勝負をかけたのである。

だが竜蔵は山のように動かぬ。

しばし緊迫の対峙が続いた後――ついに竜蔵が動いた。

しかし、竜蔵は技を出さずに、青眼に構えたまま体を沈めた状態で、するすると間を詰めたのである。

「うむッ……」

鉄太郎は竜蔵の技の起こりを拾おうとしていただけに、堪えきれずに、退《さ》がりつつ上体を浮かした。

それでもなお竜蔵は大胆にそのまま間を詰める。

「たあッ！」

結局先に技を繰り出したのは鉄太郎であった。

その刹那《せつな》、刀身と刀身が嚙み合い凄じい音響をあげると、二人は互いに一刀くれて、再び間合を切った。

しかしその時、鉄太郎の構えは崩れ、彼が手にする刀身の切っ先は虚《むな》しく下を向いていた。

「うッ……!」

と呻き声を発したかと思うと、鉄太郎の脇腹から血が噴き出し、そのまま床に崩れ落ちた。

「堂城先生……」

竜蔵はその場に刀を置くと、鉄太郎に駆け寄った。

「見事でござる……。貴殿が技を繰り出すのを待ち、それを見極めて勝負をかけようとしたが、打たされたのは某であった……。参った……。これで思い残すことはござらぬ……」

抱き起こそうとする竜蔵を手で制し、鉄太郎は座った状態でうっとりとしたような声を出した。

「銀之助殿のことはお任せ下され……」

竜蔵はにこやかに告げた。

「ありがたき幸せにござる……」

「友人の頼みとなれば断れませぬ」

「某のことを友人と……」

鉄太郎の目から、どっと涙の滴がこぼれ落ちた。

「死んだ親父殿が申しておりました。自分の子を託せる相手が、何よりの友と……」

「ふむ、ふむ、それは何より……」

堂城鉄太郎は一瞬鼻息を荒くしたが、やがて力尽きて体を横たえ、そのまま動かなくなった。

竜蔵は、素晴らしい果し合いであった、涙など無用のものだと大きく息を吐いた。

ふと見ると、道場の出入口に眞壁清十郎の姿があった。

目には見えぬが、気がつけばぽかぽかと吹いてくる心を和ませる春風――そんな清十郎の登場が、今の峡竜蔵にとっては何よりもありがたかった。

黙って頷きあう竜蔵と清十郎の前に、名残の花がどこからか舞い込んできた。

もうとっくに散ってしまったと思っていた桜の花片の行方を、竜蔵はいつまでも目で追いかけていた。

第三話　次男坊

一

山道を行くと、まだ所々に遅咲きの桜が見られた。

上州安中は関東平野の西北の際にある。西へ行くほど山間《やまあい》の地となり、その向こうには、信濃に続く中山道《なかせんどう》の難所が続く。

「ああ、あれが妙義山でござりまするな。その向こうには浅間の山が続いているというわけで……」

今しも安中城下の宿場へと入った神森新吾は、師の峡竜蔵の傍《そば》で大はしゃぎの態《てい》で、遥《はる》かな山嶺《さんれい》を仰ぎ見た。

新吾がはしゃぐのも無理はない、彼にとっては初めての旅なのである。

先日。

まったく虚を衝《つ》かれたとしか言いようのない、堂城鉄太郎と西本修介による襲撃を受けた峡竜蔵であった。

しかし、大目付・佐原信濃守の側用人《そばようにん》・眞壁清十郎の深慮と、網結の半次の探索によって、予《あらかじ》め身の危険を察知した竜蔵は、卑怯《ひきょう》にも寝込みを襲ってきた西本修介の剣を難なくかわしこれを返り討ちにすると、堂城鉄太郎との悲しい真剣勝負をも制した。

そして竜蔵は鉄太郎との約束通り、安中に住むという鉄太郎の息子・銀之助に二十五両の金を渡すべく、すぐに上州へと旅発《たびだ》った。

それに際して、竜蔵は新吾を供にした。

まだ家督を継がぬ身の新吾だが、神森家は将軍家直参である。気易《きやす》く旅になど出られるものではない。とはいっても、家督を継いでからではなおのこと旅になど出られまい。

そう思った竜蔵は、直心影《じきしんかげ》流剣術師範・峡竜蔵の諸国行脚《あんぎゃ》の供として一月以内の間、修行に出ることを許されたしという願いを、支配に届け出る手配を調えてやり、晴れて新吾は同道を許されたのであった。

これには大目付・佐原信濃守の後押しがあったことは確かであったが、大人になったとはいえ、まだ二十歳を少しばかり超えた新吾にとって、竜蔵の旅の供をすることは楽しくて仕方がないらしい。

竜蔵は元より、そのはしゃぎっぷりを期待した。

心ならずも真剣勝負を余儀なくされて、愛すべき男であった堂城鉄太郎を斬《き》った身が何とも虚《むな》しく、竜蔵はとにかく新吾の元気がほしかったのだ。

もちろん、新吾にとっても堂城鉄太郎と師である峡竜蔵が真剣で立合い、鉄太郎が命を落としたことは衝撃的で悲しむべきことであった。

だが、師が自分を旅の供に選んでくれたことの意味が、今の新吾にはよくわかる。

竜蔵の傷心を吹き飛ばす元気の好《よ》さを保つことが、自分の役目だと心得たのである。

そんなわけで、道中健脚を競うように中山道を辿《たど》った竜蔵・新吾の師弟はあっという間に安中の地に到着した。

そして、雄々しい山々の景色を前にすると二人の気分も昂揚《こうよう》してきた。

「考えてみれば、新吾は高い山に登ったことがなかったのだな」

「はい。ですから大きな山を目の前にすると、どうも気が逸《はや》ってなりません」

「どこか山に籠《こも》って修行するか」

「山籠りですか。何やら古《いにしえ》の剣豪になったようで心が躍ります……」

「よし、そんならまずその前に一仕事だ」

「それを忘れておりました……」

新吾は〝山籠り〟という言葉に酔って無邪気に喜んだが、すぐにその前の〝一仕事〟に想《おも》いを馳《は》せて、

「時に先生、銀之助という堂城先生の息子殿に金子《きんす》を渡すのはよろしゅうございますが、やくざ者達と縁を切らせるのはなかなかに難しいのではございませぬか……」

と、竜蔵に問いかけた。

堂城鉄太郎の遺児で、今は武士を捨ててやくざ者に成り下がっているという銀之助であるが、この安中の宿がある伝馬町に入る折、立場の茶屋で人足達から聞いたところでは、

「そいつは恐らく、板鼻《いたはな》の仙八《せんぱち》という親分のところで使いっ走りをしている若い者のことでございますよ……」

その若い者は侍崩れで、喧嘩《けんか》で足を痛めて大した役には立たないものの、読み書きの方はなかなかに達者なものであるから、賭場《とば》の帳付けなどしながら何とか食いつないでいるという。

彼こそが銀之助に違いなかろう。

しかし、銀之助は博奕《ばくち》ですった金の清算ができぬままになっていて、二十五両の金子を渡したところで、あっという間に仙八に吸い上げられてしまうのは目に見えてい

た。

銀之助を改心させ、悪い仲間のいるところから足を洗わせることは容易でないと新吾には思えるのだ。

「新吾、世の中には話をするのがなかなか大変な奴らがいる。とくにやくざ者は当り前の理屈が通らぬゆえに性質《たち》が悪い。だが、ちょいとこつを摑《つか》めばどうってことはない」

「こつ……、ですか」

「ああ、ちょっと気合を入れてかかればよいのだ」

竜蔵はにこりと笑いながら、小首を傾《かし》げる新吾にそう言って、さっさと歩き出すと、そこが板鼻の仙八一家の栖《すみか》であるという一軒の食売旅籠《めしうりはたご》の前で立ち止った。新吾はこれに続く。

たちまち、姿の好い武士の二人連れを認めた飯盛女《めしもりおんな》が出てきて、竜蔵と新吾に色目を使ってきた。

まだ日は高く、厚塗りの化粧をした女どもの顔ははっきりと見えたが、どれもてかてかとした紅が、人を食った狼《おおかみ》のようで新吾をぞっとさせた。

「すまぬが、ここに銀之助という若いのがいると聞いたのだが……」

それでも竜蔵は巧みに女達との会話をはずませ、銀之助の所在を確かめた。

にこやかで飾りのない竜蔵の口調に惹《ひ》かれて、

「おや、銀さんをお訪ねですか」

「銀さんはお武家の出と聞いたが、嘘じゃあなかったのだねえ」

「はい、確かにこの屋におりますよ」

女達は賑《にぎ》やかに言いたてながら銀之助を呼んでくれた。

「おれに何か用ですかい……」

やがて帳場の向こうから、ずんぐりとした若者が足を引きずりながらやってきて、俄《にわか》に訪ねてきた見知らぬ武士の二人連れに警戒するような、少し怯《おび》えた目を向けた。

話しぶりは大人びているが、その目の輝きはまだあどけなく、堂城鉄太郎に実によく似ていた。それが情に脆《もろ》い峡竜蔵の胸を熱くさせた。

「そうかい、お前が銀之助か……」

竜蔵は銀之助を宿から連れ出し、傍の路地で対面し、つくづくと言った。

銀之助はいかにも強そうな武士が、いきなり涙に声を詰らせる様子を見て鼻白んだが、

「お前の親父《おやじ》殿は立派な男であったが、残念ながら堂々たる果し合いの末に死んでし

まった……」

そう告げられて、ぽかんとした表情になり竜蔵の前で立ち竦《すく》んだ。

無理もない。銀之助は父の顔を覚えていなかった。幼い頃は自分には廻国《かいこく》修行に出ている父がいると亡母から聞かされ、誇らしい想いをしたこともあったが、成長するにつれて堂城鉄太郎なる剣客は、自分と母を捨てて気儘《きまま》に旅に出たいい加減な男であると思い始めた。

それが確信となった十五の春——母は病に倒れ帰らぬ人となり、言いしれぬやるせなさに襲われた銀之助は学問に身が入らず、盛り場で暴れるようになったのだ。

父から受け継いだ血統であろうか、争闘には優れていて、一端《いっぱし》の顔になると武士を捨てて、処《ところ》の顔役・板鼻の仙八の許《もと》で兄貴風を吹かせた。しかし所詮《しょせん》は尻の青い子供のこと、調子に乗って博奕にのめりこみ、喧嘩沙汰《ざた》で足を不自由にして、十七で裏道にたむろして人様のおこぼれに与《あずか》って暮らす三下《さんした》に成り果てた。

今では、自分に武士の父がいたことさえ、夢物語になっていたのだ。

竜蔵は自分が堂城鉄太郎を斬ったとは言わなかった。あの一件は、昔の遺恨が元で、西本修介と立合い共に倒れたと処理されていたゆえに、銀之助にもそう伝えた。

もっとも、この後の用心を考える意味でも、出村町に住む、中原大樹、志津、森原綾、竹中緑、さらに桑野道場の面々には本当のことを話す必要があったが、そちらの方は、今頃竹中庄太夫がうまい工合《ぐあい》に真実を語ってくれていることであろう――。

ともかく銀之助は、自分の父が死んでいたことには驚かなかったが、その父が晩年に銀之助のことを想い、二十五両もの金を剣友に託《ことづ》けてくれていたことが意外で、父親の情を知らぬ身を戸惑わせた。

それでも、借金に縛られた上に、自慢の腕っ節を揮《ふる》おうにも足が思うように動かぬという現状は、銀之助を随分と心細く情けない想いにさせていただけに、亡父の想いが荒《すさ》みきっていた彼の心に、えも言われぬ潤いを与えたことは確かであった。

竜蔵はその気運を逃さず、

「銀之助、おれはお前の親父殿とは何度も稽古《けいこ》を共にした剣友だ。その息子のお前がこの体たらくでは我慢がならぬ。この二十五両でお前がやくざな暮らしから足を洗い、先に望みのある若い者となるよう取りはからうが異存はないな」

と、睨《にら》みつけた。

その一睨みで破落戸《ごろつき》どもが震えあがる峡竜蔵である。この睨みに情が籠っているとなれば、なおさら銀之助は逆《さから》えぬ。

「な、何もかも、先生にお預け致しますでございます……」

銀之助はへなへなとなって頭を下げた。

「よし、お前の借金はいくらだ」

「あっしが……」

「わたしがと言え！」

「は、はい。わたしが借りたのは八両でございますが、返すと言えばここの親分は二十両くらいは吹っかけてくるでしょう……」

銀之助はおどおどとして応《こた》えた。

「ほう、お前も世慣れたことを言うものだ。なるほど、仙八というのはそういう男か」

「へい……、いや、はい。お武家様でも恐れぬ強いお人なのでございます……」

「お前には優しくしてくれたか」

「この、右足がまともに動いた時は……」

「わかった。それだけでどういう奴か目に浮かぶ。まあ、おれに任せておくがよい」

「一筋縄ではいかぬお人で……」

「どんな男でも、ことを分けて根気よく話せばわかってくれるというものだ」

「さようで……」

「大人にはな、大人の話しようがあるというものだ。お前は学問を投げ出したというが、この先はまた学問に励め。お前の頭の中に色んなものが詰っていりゃあ、右足が思うように動かずとも、誰もお前を粗末にはせぬ。わかったな」

「はい……」

「ふん、頼りない返事だな。まあいい、その返事は改めてまた後で聞こう」

竜蔵は表の道端で様子を窺《うかが》っていた神森新吾にめくばせをすると、銀之助を従えて食売旅籠へと入って行って、

「拙者、峡竜蔵と申す者にござる。銀之助のことについて、仙八殿に願いの儀がござる！」

と、大音声に呼ばわった。

それから――。

小半刻《こはんとき》（三十分）も経《た》たぬうちに、この食売旅籠の内外で、大音響と共に多くの男達の絶叫が響き渡った。

いったい何事が起こったのかと、旅籠の客や飯盛女、隣近所の者達は、通りに面した窓から外を窺い、また道行く者達は遠巻きにして道の端からこれを眺めた。

そこに繰り広げられたものは、何ということか――この安中界隈《かいわい》では泣く子も黙る

板鼻の仙八一家の腕自慢達が、片っ端から二人の武士に叩《たた》き伏せられていく、勇壮にしてどこか滑稽《こっけい》な喧嘩の風景であった。

二人の武士が峡竜蔵と神森新吾であることは言うまでもなかろう。

どうやら銀之助の借金を清算した上で、やくざな世界から足を洗わせるべく、竜蔵が仙八に持ちかけた話し合いは早くも決裂したようである。

仙八の下には乾分《こぶん》が十人、腕利きの用心棒が一人付いていたのであるが、

「何が二十両だ……。ふざけたことを吐《ぬ》かすんじゃねえや！」

という竜蔵の怒号と共に、仙八は二度ばかり旅籠の中で宙を飛び、三度目の飛行で外へと投げ出された。

「お、親分……」

慌てて竜蔵にかかりくる乾分達もまた、仙八と同じく、床に叩きつけられ、外に放《ほう》り出されるか、竜蔵の露払いを務める新吾が手にした棍棒《こんぼう》で打ち据えられ、その場に崩れ落ちて、散々な目に遭わされたのであった。

「おのれ……」

旅籠の奥でのんびりと酒を飲んでいた用心棒は、この信じられない出来事を目のあたりにして、竜蔵を抜き打ちに斬らんとしたが、馬手《めて》を刀の柄にかけた途端、その場

に転がっていた下駄を眉間《みけん》に投げつけられて、ばったりとその場に倒れた。

「しゃらくせえ！」

この時初めて竜蔵は刀を抜いて目にも留まらぬ速さで白刃を宙に一閃《いっせん》させた。すると次の瞬間、旅籠の軒下にぶら下げられていた大きな看板が真っ二つに切断されて、今表の地を這《は》う仙八の腹の上に落ちてきた。

もうその時には、竜蔵の刀は鞘《さや》に納まっている。

「ひ、ひえ……ッ」

声にもならぬ叫びをあげて、命ばかりはお助けをと、仙八は竜蔵を仰ぎ見て恐怖に戦《おのの》いた。

「ようく聞け仙八……」

竜蔵はにこやかに声をかけた。

「銀之助が焦げつかせた金は八両だ。それを十両払うから無しにしてやってくれとおれはお前に頼んだというのに、お前は二十両よこせと無理を通した。だからおれもちょっとだけ怒ったんだ。わかるな」

「へい……」

仙八は、何がちょっとだけだ馬鹿野郎……という言葉さえ浮かんでこずに、放心して首を縦に振った。

「だから、十両でいいな……」

「へい……。そりゃあもう……」

「それで銀之助はやくざな暮らしから足を洗わせるが文句はねえな」

「へい……」

「この先、銀之助に指一本触れたら、お前をこの看板みてえにしてやるからそう思え」

「へ、へい……」

「わかったな！」

「へい！」

もうおれを睨まねえで下さいとばかりに、仙八は顔を伏せた。

「それでよし……。おい、銀之助！」

竜蔵は再び笑顔に戻って、道端で木偶《でく》のように突っ立っている銀之助を呼んだ。銀之助はただただ人間技ではない竜蔵の強さに見惚《みと》れて、

――これが親父の剣友か。

と、誇らしい気持ちになっていたのだが、

「いいか銀之助、これからは学問に励むんだぞ。わかったな！」

竜蔵の一喝に現実へと戻され、

「わかりました！」

と、生まれて初めてかもしれぬほどにしっかりとした返事が口から出た。

「それでよし！」

竜蔵は力強く銀之助に頷《うなず》いてみせた。

――これがやくざ者に話を通すこつなのか。

神森新吾は、なるほどこの方法が竜蔵のいう、やくざ者との一番早い話のつけ方なのだと、感心もし、呆《あき》れもした。

泣く子も黙る仙八一家の連中が、すっかりと伸《の》されてしまい、凍りついたような静寂が辺りを包んだ。

野次馬達は強い男もいるものだと呆気《あっけ》に取られていたが、その人込みをかきわけて、

「いやいや、お見事でござる……」

と、一人の旅の武士が現れて竜蔵に賛辞を贈った。

年の頃は三十手前で、話し口調も爽《さわ》やかであった。

「おお、これはまた会いましたな……」

竜蔵は破顔した。江戸からここまで来る道中何度も行き合い、会釈をかわしていた武士であったのだ。

「さぞかし剣を修められた御方とお見受け致しまする。ああ、これは申し遅れました。某《それがし》は、板倉家家臣・野川芳次郎《のがわよしじろう》にござりまする」

「板倉様……。では、この安中の御城主の……。いや、これは御城下をお騒がせ致しまして、真《まこと》に申し訳ござりませなんだ……」

竜蔵は神妙な面持ちとなって、新吾と共に深々と頭を下げた。

その謝まりっぷりの好さに、銀之助はしばし見惚れていたが、やがてこの騒動の原因はすべて自分にあることをはたと思いおこして、慌ててその場に座して、しっかりと平伏したのである。

二

野川芳次郎は、安中城主・板倉伊予守勝意《いよのかみかつおき》の家臣で、江戸屋敷にあって小納戸方に勤めていたのであるが、この度主命で国表に役替えとなり安中に着いたところであった。

道中何度か見かけた剣術の師弟の様子が、何とも楽しそうで、好感を持って見てい

ただけに、食売旅籠での騒動の経緯《いきさつ》をあれこれ聞くうちに、

「ほう、それでわざわざ、江戸からその二十五両の金子を手に安中へ。いやいや頭の下がる想いでござりまする。某もまだ子供ではありましたが、堂城殿のことは覚えておりまする。その息子殿がこのようなことに……」

ますます峡竜蔵の人となりに感じいった。

そのうちに騒ぎを聞きつけた氷山本蔵《ひやまもとぞう》という初老の町同心がやって来て、竜蔵の暴れっぷりに目を丸くしたが、氷山は野川芳次郎とは顔見知りのようで、久しぶりの邂《かい》逅《こう》を喜びつつ騒動の成行きを知らされ、

「それは真に痛快にござる。板鼻の仙八は近頃図に乗っておりましたゆえに、一度懲らしめねばならぬと思うていたところでござってな……」

と快哉《かいさい》を叫び、その場で傷だらけとなった仙八一家の面々を戒めた。

さらに銀之助には、この後は学問に励むように諭すと、城下の万仰寺という寺院で寺男として勤めながら暮らしていけるよう取りはからってやろうとまで言ってくれた。

氷山もまた堂城鉄太郎が板倉家に仕えていた頃のことを覚えていたのである。

真に人情深い氷山本蔵であるが、峡竜蔵が直心影流の名剣士・藤川弥司郎右衛門の内弟子であるという事実が大きくものを言った上に、何よりも竜蔵の強さと愛敬《あいきょう》のあ

る男らしさに惹かれ心を動かされたのだ。

竜蔵は約束通り仙八に十両を渡すと残りの十五両を銀之助に手渡し、そのまま別れを告げた。

銀之助はあれこれ話をしたそうであったが、さすがに竜蔵も自分が斬った男の息子といつまでも顔を合せていることは気が引けた。

いずれ文を認《したた》めるからしっかりやれと言い置いて、銀之助をありがたく氷山本蔵に託したのであった。

峡竜蔵は堂城鉄太郎へ黙禱《もくとう》を捧《ささ》げ、

「さて、一仕事終えた。新吾、山籠りと参るか」

と、胸の内に漂っていた靄《もや》を吹きとばすような爽やかな声で言ったものだ。

「いや、峡先生、何卒《なにとぞ》今宵は某の屋敷にお泊まり下さりませぬか」

それを野川芳次郎が押し止《とど》めた。

「どうせ、今日はもう安中に宿をお求めのことでござりましょう。それならばいっそ、そのようになされた方が……」

芳次郎は竜蔵に負けぬほどの愛敬のある男で、旅の間は互いに会釈を交しただけであっただけに、このまま別れ行くのが残念な気にさせる。

「しかし、野川殿とて江戸から到着したばかりのこととなれば、あれこれとお忙しゅうござろう」

竜蔵は一旦《いったん》は固辞したものの、

「忙しいと申しましても、今日はこのまま屋敷へ入り明日は城へ上がって御家老に挨《あい》拶《さつ》をするだけのこと。大事ございませぬ……」

是非、屋敷の庭にて一手指南を賜りたいと請われては断れず、誘いを受けることにした。

「これはありがたい。まず御案内致しましょう」

芳次郎は供の小者に竜蔵の手荷物を持たせ、足取りも軽く歩き出したが、

「実は某、一人で帰るのがちと気が引けましてね……」

すぐに振り返って、少し極《きま》り悪そうにして笑みを浮かべた。

「なるほど、あれこれと御新造殿に小言を喰《く》らうことでもおありか」

竜蔵はそれをおもしろがって、少しからかうように訊《たず》ねた。

「いえ、妻と子はまだ江戸におりまして、某の身が落ち着いた頃合を見計らって、こちらへ来ることになっております」

芳次郎は照れくさそうに答えた。

「と、申しますと、恐ろしい親父殿が待ち構えておられるとか」

「はッ、はッ、そんなところでござる。某が今宵宿りとするところは、西村万蔵《にしむらまんぞう》というおっかない親父の屋敷なのでござる」

「西村万蔵殿……」

「いかにも、それが生みの親父で、次男坊の某は野川の家に養子に出されたのでござりまする」

「左様でござったか……」

道すがら話を聞くに——。

西村万蔵は齢・五十五。国表で番頭《ばんがしら》を務める八十石取りの武士である。

八十石といっても、板倉家は三万石の小大名で、百石を超える禄《ろく》を食《は》む家来は数えるほどしかいないから、西村家はそれなりの家格と言える。

万蔵は子供の頃から武芸に優れ、父の跡を継いで番頭となったが、息子には武芸よりも学問を勧めた。それによって長男の万太郎《まんたろう》は算学をよく修めたのが功を奏し、今は勘定方に召し出されて新たに禄を食んでいる。

次男坊の芳次郎にも算学、四書五経を学ばせ、その甲斐《かい》あって部屋住みの身が、江戸定府《じょうふ》にて小納戸役を務める野川家に婿養子として迎えられたのだそうな。

「まず親父殿としては、息子二人の行く末が定まってほっと一息ついたところだったというわけなのですが、某が国表への御役替えとなって、恐らく機嫌が悪いと思われまして、屋敷へ行くのが億劫《おっくう》なのです」

それゆえに、峡竜蔵を伴って帰れば、小言も少なく済むと芳次郎は思っているようだ。

「いやしかし、我ら二人がお訪ね致せば、余計に御気色を損いませぬかな」

竜蔵は、ぬけぬけと自分達を利用させて頂きたいと言った、芳次郎の正直さがおもしろくて、失笑しつつ問うた。

「いやいや、それでござるよ」

芳次郎は人懐こい笑顔を向けて、

「先ほどの氷山殿以上に、親父殿は堂城鉄太郎殿のことをよく知っているはずなのです。それゆえに、峡先生が銀之助にしてやったことを話せば、随分と興をそそられるに違いござらぬ」

またぬけぬけと言った。

西村万蔵も安中の地で根岸文右衛門の許で一刀流を修めたというから、剣術においては堂城鉄太郎と同門であり、それなりの面識もあったはずである。

鉄太郎が西本修一郎なる近習《きんじゅ》と喧嘩口論から斬り合いに及び、板倉家を致仕したことはちょっとした事件であったし、竜蔵の逗留《とうりゅう》は万蔵にとっても大歓迎であるに違いないと芳次郎は見ていた。

——堂城鉄太郎のことをあれこれ物語るのは心苦しいが、この地でかのお人のことを偲《しの》ぶのも供養になるだろう。

何となく厄介なことになったと思いながらも、竜蔵はそのように思い直した。

そうなると竜蔵は、野川芳次郎が国表へ御役替えになったことの何が、父・西村万蔵の機嫌を悪くするのかが気になった。

そのことを問うてみると、

「なに、ちょっとばかり照れくさいのでござりましょう、某を配下にすることが……」

芳次郎はふっと笑った。

「西村万蔵殿は、この度、碓氷《うすい》の関所の番頭を務めることになりましてね」

「碓氷の関所……」

「そういえば、碓氷の関所は板倉様が取り仕切っておられるのでした……」

要領を得ない竜蔵の横から、神森新吾が言った。

碓氷関所は中山道において、東海道の箱根関所と並ぶほどに、大事な関であった。代々安中の領主が関守を務め、番頭二名、平番三名、同心五名、中間《ちゆうげん》四名、箱番四名、女改一名が詰めていた。

この度新たに西村万蔵がここの番頭を拝命することになったのだが、

「某もまた、碓氷峠にある堂峰番所の定附同心として赴任することになりましてね」

「堂峰番所……」

この辺りのことは、新吾とてよく知らなかった。

「裏番所とも言いましてね。関所を通らずに山抜けをしようと企《たくら》む者を、取り締まるためにあるのです」

「では、かなり山の上に住まわれるということで……」

竜蔵が訊ねた。

「はい、まだ行ったことはござらぬが、堂峰の見晴らしの好い所に石垣を築き、その上に番所が建てられておりまして、景色のよさは絶品とのことです」

「そこへ行くことを、御父上は喜んでおられぬのですな」

「はい。主命とあれば止《や》むをえぬが、江戸定府の野川の家を継ぎながら、何故《なにゆえ》自ら望んで裏番所の同心になるのだと……」

「野川殿は自ら望んでその御役目に就かれるのでござるか」

「左様、某はどうも江戸の暮らしには馴染《なじ》めませいで、この上州の山々が恋しゅうなりましてな」

野川家の家督を継ぐや、国元へ帰る機会を窺っていたのだが、この度、裏番所同心に欠員が生じたことにより、自ら願い出たというのだ。

「御妻女はなんと……」

「否《いや》も応もござりませぬ。野川家の主《あるじ》は貴方様でございますゆえ、御存分になさりませ……。などと怒ったように申しました」

「真に好い御妻女で」

「はい、好い家に婿に入りました」

愉快に笑う芳次郎には屈託がなく、竜蔵は話すうちに、自分より少しばかり年下のこの〝次男坊〟にますます親しみを覚えてきた。

江戸詰の小納戸役を務める身が、いくら欠員が生じたとはいえ、堂峰の番所というような僻地《へきち》へ赴任するなどまずありえないことだとは、浪人の身である竜蔵とてわかる。

——これには何か理由があるのだろう。

その謎《なぞ》めいたところに興をそそられるのが竜蔵の悪い癖なのだが、野川芳次郎のような好男子が秘めていることである。今度の御役替えにはきっと彼の痛快な想いが込められているに違いない。

今は訊かずにおくが、西村家での逗留において、そのことが窺い見られたら――。

あれこれ想いを巡らせていると、やがて安中城下の武家屋敷街へと出てきた。

安中城は碓氷川と九十九《つくも》川に挟まれた高台に建っている。

その西門の外に野川芳次郎の生家である西村万蔵の屋敷はある。

暮れなずむ春の空を見上げると、碓氷峠はここから遥か遠くに聳《そび》えていることがわかる。

旅愁が胸を締めつけたのであろうか、若き神森新吾はふと哀《かな》しそうな顔をした。

三

「左様でござったか。堂城鉄太郎は西本修一郎の弟と果し合いに及び命を……」

西村万蔵は深い溜息《ためいき》をついた。

「三人とも、なかなかに好い剣を遣ったものでござるが、何とも惜しいことでござる」

一言の響きがずしりと重みがあり、いかにも古強者《ふるつわもの》といった佇《たたず》まいを醸している。実の父子とはいえ、どことなく洒脱《しゃだつ》な人柄である野川芳次郎とは似ても似つかぬ。

——なるほど、これでは独りで帰りにくかろう。

峡竜蔵は、堂城鉄太郎のことを偲びつつ、西村家の面々を見比べながら胸の内でニヤリと笑った。

先ほどは——。

屋敷へ着くや、芳次郎を待ち構えていたかのように、当主の万蔵がずかずかと玄関へとやって来て、

「芳次郎！　おのれ勝手な真似《まね》をしよって……」

まず屋敷内のこととて、今は他家の当主である芳次郎に遠慮のない声を浴びせかけたが、

「うむ？　これは御無礼仕《つかまつ》った……」

芳次郎が律々《りり》しい武芸者風の客を同道していたことに気付き、実に極り悪く口を噤《つぐ》んだ。

「父上、お久しゅうござりまする。こちらは直心影流・峡先生に、お弟子の神森殿でござる……」

すかさず芳次郎は二人を紹介して、まずおっかない親父の口を封じた。

威儀を正す竜蔵と新吾を見て、万蔵は一転穏やかな表情となり、

「御両所でござるな。伝馬町でやくざ者どもを懲らしめたと申すのは」

少しばかり興奮気味に言った。

仙八一家相手に大立廻《おおたちまわ》りを演じた竜蔵と新吾の噂《うわさ》は、たちまち広まったと見える。

これに芳次郎はほくそ笑み、

「御存知ならば話は早うございまする。ちょうどわたくしはその場に居合せまして、まずその強さに驚きました。それゆえに何卒御同道頂き、一手指南を頂戴《ちょうだい》し、父上と共に剣術談議など出来ますればこの上なきことと存じまして、無理にお誘い申し上げたのでござりまする……」

一気に畳みかけるように言った。

「うむ、それはよい……」

もちろんそのことに万蔵とて異議はない。

芳次郎にしてやられたと内心では舌打ちする想いではあったが、父である前に万蔵は武芸者である。峡竜蔵という剣客にたちまち興味を惹かれて、息子・万太郎と共に手厚くもてなしたのである。

日も暮れてきたこととて、すぐに酒宴となった。

この間も芳次郎は竜蔵と新吾に付きっきりでいて、巧みに万蔵からの叱責《しっせき》を逃れた。

万蔵は芳次郎をそっと摑《つかま》えて説教のひとつもしたかったが、竜蔵が町場で暴れたのは、堂城鉄太郎の遺児・銀之助にやくざ者の世界から足を洗わせようとしてのことであったことがわかり感嘆したのである。

「堂城鉄太郎は惜しい男でござった。あれが刃傷沙汰《にんじょうざた》などおこさずに、今でも家中にいれば、この万蔵も随分と心丈夫であったものを……」

「堂城先生は、些細《ささい》なことから同輩と口論になり、そこから果し合いにまで及んだと申されておりましたが」

鉄太郎からはそれだけしか聞いていなかったし、あえてそのことについては問わなかった竜蔵であったが、我が身の戒めの意味も込めて万蔵に訊ねた。

「某もその場にはおらなんだが、居合せた者に聞くと、あれは西本がいかぬ……。奴は武芸場の稽古において堂城鉄太郎に一本を取らせなんだことで調子に乗って、鉄太郎の剣を散々にこきおろした」

「それならば真剣で立合うてみるか……。堂城先生は堪《たま》らずそう言ったのでござりまするな」

「いかにも……。笑って聞き流せばよいものだが、若い頃は頭に血が昇って、口にしてはならぬことを思わず口走ってしまうことが多々あるものでござる……」

「わたしは三十を過ぎた今でも、お恥ずかしいことに、かッとして見境がなくなることもしばしばでござりまする」

「いや、男が怒りを忘れて何と致しましょう。恐らく某であったとて、堂城鉄太郎と同じことを申したはずでござる。それだけにあの折、誰かが争いを止められなんだものかと悔やまれてならぬのでござりまする」

万蔵はしみじみと言った。

「西村様もお若い頃は相当に腕っ節を揮われましたか」

竜蔵は場の空気を変えるべくにこやかに問うた。

「はッ、はッ、倅《せがれ》どもの前ゆえ、大きな声では申せませぬが、それ相応に……」

万蔵は竜蔵の笑顔につられて楽しそうに応えた。

「父上は真《ま》っ直《す》ぐな御方ゆえに、さぞかし方々でぶつかったのでござりましょうな」

これに芳次郎が遠慮のない言葉をかけて、静かに万蔵と竜蔵のやり取りに相槌《あいづち》を打っていた兄の万太郎に、

「これ、芳次郎、お前も今は野川家の当主。もう少し言葉に重みをつけねばなるまい

ぞ……」

と、窘《たしな》められ、頭を掻《か》いた、
思慮深い兄に、少しやんちゃな弟――姿形は似ていても性格が違い、またそれだけに二人合わさればちょうど好い加減になる。

兄弟のいない竜蔵には頰笑《ほほえ》ましくも、羨《うらやま》しい光景であった。

万蔵にとっても久しぶりに息子二人が揃《そろ》う夕餉《ゆうげ》の膳《ぜん》が心地好いのであろう、万太郎と芳次郎を見る目は優しかった。

「某の血はこの倅二人にも受け継がれておりましてな。それゆえに万太郎にも芳次郎にも、武芸だけではなく、学問に精を出すように申し付けたのでござりまする。物を考える癖がつけば、頭に血が昇ることも少しは抑えられるかと思いましてな」

「なるほど、わたしももう少し学問に目を向ければようござりました」

「いや、武芸を極められるのが峡先生の本分。倅どもの本分はつつがのう御家《おいえ》に仕えることにござりますれば」

「畏《おそ》れ入ります る」

竜蔵は神森新吾と二人で畏《かしこ》まってみせた。

「そういえば、堂城鉄太郎の妻女にも、同じ理由で学問を勧めたことがあったような……。それゆえに妻女はこの地に残り、息子に学問を修めさせようとしたのかもしれぬ……。だが、日々の暮らしに紛れ、いつしか堂城鉄太郎のことも、城下に残った妻女のことも、銀之助のことも、みな忘れてしもうておりました。人というものは我身さえよければ、外を見ようとせぬ。峡先生、この度の先生の俠気《おとこぎ》には真に感服仕りました……」

盃《さかずき》を重ねるうちに万蔵は心地よく酔い、万太郎にはこの先それとなく銀之助のことを気遣ってやるように言い付け、それからは芳次郎がいかにはしゃごうと相手にせず、しばらく竜蔵を相手に剣術談議に華を咲かせた。

話によると、西村万蔵と野川芳次郎は、明日登城の上国家老に挨拶を済ませた後、碓氷の関所へと赴くとのこと。

宴席には万蔵と万太郎の妻女が黙って話に耳を傾けながら、竜蔵と新吾をもてなしてくれたが、当主・万蔵は碓氷関所に赴任すればいつこの屋敷に戻れるやしれぬし、他家へ養子に行き江戸屋敷に暮らしていた次男・芳次郎が久し振りに生家に戻っているのだ。あれこれと身内同士の積もる話もあるだろう。

いつまでも親子の間に割って入っていることも憚《はばか》られたので、新吾と二人、早々に宴席から退出させてもらった。

「まだ好いではありませんか……」

万蔵との一時が非常に重苦しい芳次郎は、それを引き留めたが、竜蔵は明朝庭先を拝借し稽古を仕りましょうと言い置くと、そそくさと寝所にあてがわれた客間へと向かったのである。

とはいえ、竜蔵と新吾は、客間に通されてからも、しばらくの間は万蔵と芳次郎のことが気になり、二人して万蔵の怒声《どせい》など聞こえてはこまいかと耳を澄ませたものだ。

しかし、二人が酒席を下がった後の西村屋敷は実に静かで、竜蔵と新吾の退席を潮に、家族それぞれがすぐに己《おの》が寝所に入ったように思われた。

翌朝。

竜蔵と新吾は目覚めるや庭へ出て、屋敷にあった胴と垂を借り、これに持参した籠《こ》手《て》を装着し、素面での稽古を始めた。

すぐに万蔵、万太郎、芳次郎に加えて、三人にそれぞれ仕える小者の八助《やすけ》、桃助《ももすけ》、七三《しちぞう》が教えを請うた。

小者三人は新吾が相手をし、竜蔵は父子三人と手合せをした。

落ち着いた太刀捌《さば》きの万蔵は老練の強さを見せ、文官の万太郎は中の上といった腕前。この辺りは予想できたが、芳次郎はというとこれがなかなかに遣う。

籠手をつけた上での竹刀の捌き方も堂に入っていて、竜蔵が見たところでは、江戸定府の勤めの間にどこぞの道場に通い、稽古を積んでいたのではないかと思われた。剣客の竜蔵には及ばぬものの、宮仕えの侍であればこれだけ遣える者はそうもいまい。

さらに、新吾にかかる小者達のうち、芳次郎の供をして江戸から安中までついてきた七三は段違いの強さを見せた。近頃成長著しい新吾でさえ、うかうかとしていると一本取られるほど、足捌きと打突の間が好い。

野川家は五十石取りの家のこととて、奉公人と言っても小者の七三の他は老僕一人と女中がいるだけであるのだが、芳次郎はまだ年若の七三を頼もしき家来に育てたようだ。

竜蔵は目を細めながら、一同に剣術師範として的確に助言を与えて稽古を終えたが、芳次郎の腕のほどを見た万蔵の様子を窺うと、感心するような、怒ったような、何とも複雑な表情をしているように見えた。

武士としての心得を忘れずに、武芸を怠らなかった息子を誉《ほ》めてやりたい気持ちと、部屋住の次男坊がそれなりの家格である野川家の養子になることを得たのに、何故世渡りをせずに剣術ばかりに打ち込むのかを、嘆く想いが入り混っているのであろうか――。

井戸端で汗を拭《ふ》きながら、

「新吾、こいつはもしかして、碓氷の関所に何かおかしなことが起ころうとしているのかもしれねえな……」

竜蔵はそっと新吾に伝えた。

「わたしもそのように思います。西村万蔵、野川芳次郎父子が時を同じくして、新たに御役を拝命し関所へ向かうことがどうも解せませぬ……」

「関所破りでもやらかそうとしている奴がいるのかねえ……」

朝の稽古の後は朝餉のひと時となった。

竜蔵と新吾の膳は、万蔵の老妻・えんが、客間まで運んできてくれた。

「そっと台所の隅からお稽古のほどを拝見致しておりましたが、先生方は真にお強うございますことで……」

昨夜は酒席でまったく言葉を発しなかったえんであるが、今は明るい声でよく喋《しゃべ》った。

「御家中にこのような御方がいれば、旦那様の苦労も少なくて済みましたものを……」

　そうして給仕をしながらそんなことをぽつりと言った。

　それまでは他愛《たわい》のない話をしていた竜蔵であったが、この言葉に食いついた。

「こちらの主殿が芳次郎殿と共に碓氷の関に遣わされるのには、何か曰《いわ》くがあるのでござるか」

　訊ねた途端、えんの動きがぎこちなくなった。

「昨夜の温かな宴《うたげ》の御礼に、我々で御役に立てることがござれば喜んで承りましょうほどに、御存知のことがあればどうかお教え願えませぬか……」

「ああ、いえ、これは何やら余計なことを口走ってしまいましたようで。どうぞお気になさらずに……」

　えんは、客人の前ではしたないことであったと恐縮して口を噤んだ。

　その時、奥の間の方から、

「これ、千代之助《ちよのすけ》！　爺《じじ》は少しの間屋敷へは帰って来ぬゆえ、しっかりと留守を頼んだぞ」

　という、二つになった孫をあやす万蔵の楽しそうな声が聞こえてきた。

四

早朝から直心影流剣術指南・峡竜蔵の指導による実のある剣術稽古を済ませて心も清々《すがすが》しく、西村万蔵と野川芳次郎は、峡竜蔵、神森新吾と別れて朝の四つ（十時）をもって登城した。

家老・松川与左衛門《まつかわよざえもん》に、それぞれが任地への出立の報告に参上したのである。

「殿の仰せとは申せ、くれぐれも無理をするではござらぬぞ……」

その折、松川は万蔵に対しては、ただそれだけ労《いたわ》りの言葉をかけたに止《とど》ったが、芳次郎に対しては少しばかり話しこんだ。

用部屋にて、松川は傍へ寄るようにと芳次郎を手招きした後声を潜めて、

「一時はどうなることかと思うたが、おぬしからの文を一読して安堵《あんど》致した」

「畏れ入りまする……。して、あの文は……」

「無論、一読するや焼き捨てた」

「それは重畳《ちょうじょう》にござりまする」

「それにしても、何者が殿のお耳にあのことを……」

松川は苦々しい顔で溜息をついた。

あのこと――。

それはこの数年、国老達の間で揉《も》み消してきた碓氷峠《とうげ》におけるある事実であった。

碓氷に築かれた関所を板倉家が管理していることは前述した。

板倉家は先々代の佐渡守勝清《さどのかみかつきよ》が老中職を務めた家柄であり、公儀からの信頼も厚く、碓氷の関守を託すに相応《ふさわ》しい大名とされてきた。

それゆえに、関所での改めはともかく、関所を通らずに山抜けする者の取締りのために堂峰の見晴らしの好い所に番所を構え、同心二名と中間二名を山中に常駐させ、日々監視に努めた。

とはいえ、関所を通ることができずに山抜けを試みる者達には、不幸せな生い立ちが災いして手形を手に入れられぬ哀れな者も多い。

このような者は捕えずとも、道に迷って紛れこんできたということにして追い返してやることが暗黙の了解事で、これに対して警告を無視して山を抜けようとする者はまずいない。

この国の民は、たとえその場は逃げ果《おお》せても、必ずいつかは捕えられ厳しい罰を受けることになるものだと日頃から教え込まれている。

人数の多寡ではなく、見張りの役人がいるというだけで、大きな抑止になるというものなのだ。

堂峰番所付きの同心は、そういう人々の良心によって、僅《わず》かな人数で大変な仕事をこなしてこれたし、不心得者がいないとなると、煩《わずら》わしい上役の目を気にすることもなく、ゆったりとして山々の大自然の美しさに触れて暮らせる、なかなか好い御役であると言えるかもしれない。

ところが五年前。暖かくなり始めた三月末のある日のこと——。

堂峰番所の同心が、山から来て中山道を西の方へ抜けようとする武士の集団を見つけた。

武士は一様に屈強の浪人で、裁着袴《たつつけばかま》に皮の袖無《そでな》しに身を包み、整然と歩いてくる。

慌てて同心二名が中間を従え、

「あいや待たれい。そのまま通り過ぎられると、中山道碓氷の関所を通らぬ関所破りの疑いがかかりまするぞ……」

と、峠の上から呼びかけたが、浪人達は聞こえぬふりをして、言いたいことがあるなら降りてきて物を言えとばかりに、その場で休息をし始めた。

同心は恐物《こわもの》ながら見過すこともできずに、山間の細道に陣取る浪人達の許へと出向いた。

　すると、浪人達はこれ見よがしに、同心二人が来るまでの間、抜刀して演舞を始めた。

　たちまちその場に聳える欅《けやき》の太い枝が切断され、次々と地に落ちた。

　下からすくい上げるような一刀にて見事に斬り落としたのである。よほどの膂力《りょりょく》と技がなければこうはいくまい。

　同心二人は、思わずその光景に見入ったが、けたたましく風をかき切らんばかりの鴉《からす》の鳴き声によって我に返った。

　一人の浪人が宙に放った半弓の矢が、見事に鴉を捉えたのである。

　哀れ鴉は同心二人の目の前《ま》に落ちてきた。

　同心二人は青ざめた。

「我らに何か用でござるかな」

　浪人組の首領らしき男は静かに言った。

　低く嗄《しわが》れた声は幽鬼のそれのように思えて、背筋が凍る心地がした。

「い、いや、我らは堂峰の番所を守る者でござるが……」

　同心の上役の方がしどろもどろになりながら、もう一度同じ警告の言葉を述べた。

「ほう……、関所破りの疑いが我らにかかると申されるか」

首領はえも言われぬ恐ろしい目でじっと上役を睨みつけると、

「ならば疑わずに信じて頂きたい。我らは道に迷うてこれへ来て、今から引き返すところでござる」

そう言い捨ててそのまま街道の方へと歩き出したのである。

「ま、待たれよ……」

同心二人はそれでも気丈に浪人達を呼び止めた。

浪人達はぴたりと足並を揃えて再びその場に立ち止まり、ゆったりと振り返った。

「この上まだ疑いをかけられるとは真に無念にござる……。武士の情けを知る人と思うたが、どうやらそうではないらしい。我らは行く末に望みなき浪人ばかり。せめてこの身の潔白を訴えんがため、これより関所へ参って御門前を拝借し、九名が並んで腹を切ろうと存ずる。まず案内を致されよ」

そして首領がそう言うと、他の八名の浪人が血走った目で睨みつけた。

「だが、腹を切るにつけて、少しでも我らが武士の誇りを汚されるようなことあらば、敵《かな》わぬまでもお手向かい致し、九名見事に討ち死に致す所存でござるぞ」

同心二人は顔を見合せた。

このような身の捨て所とてない浪人者が、自棄《やけ》をおこして死に物狂いとなって暴れたら大変なことになるではないか――。

　関所にはそれなりの人数がいるにはいるが、この浪人どもは腕が立つ上に、半弓のような飛び道具まで所持している。

　たとえ鎮圧できたとしても、味方の損害がどれほどのものか考えただけで空恐ろしい。

　何よりも、まず戦いの血祭にと殺されるのは自分達である。

　振り返ると、同心に付いてきた中間二人は、色を失いぶるぶると震えている。

　何といっても取り締まる側が四人、屈強の浪人達は九人――法も役目も命あっての物種で、この場においては浪人達が絶対的な存在なのである。中間二人の臆病《おくびょう》を誰が笑えようか。

　結局、同心二人は、

「ああ、いや、我らとて疑うているわけではござらぬ。ただ、方々が中山道碓氷の関所を避けて山を抜けて参られたかのように見えたゆえ……」

「我らとて、役儀にて問い申したのでござりまする」

　と言って、九人の浪人は道に迷ったのだということに決めつけて、そのまま通行を許したのであった。

「いやいや、おわかり下されたのであればよろしゅうござる。しからばこれにて御免……」

浪人達は威嚇の目を小役人に向けて立ち去った。

同心二人はほっと胸を撫《な》でおろしたが、そうなると今度は、自分達が下した判断は間違っていなかったのだという保身が頭をもたげてくる。

この場にいる四人だけの秘密にしてしまうには、事が大きすぎたのである。

ある意味では、自分達の過失を気に病む良心が役人達の中に残っていたとも言えるが、その良心は自分達のとった行動こそが正義であるという欺瞞《ぎまん》に充《み》ちたものに変わっていく。

同心の上役は、一里ばかりの道を急ぎ碓氷の関所へと向かい、番頭に、山抜けの疑いのある浪人十五人ばかりが街道を西の方へと向かったので、応援の人数を出してもらいたいと申し出た。

人数も鯖《さば》をよみ、浪人達は弓、槍《やり》を所持する者さえいて、完全に武装していると大げさに報告してのことだ。

さらに、関所破りの疑いがあるゆえ引き返せと言ったが、疑いがあるなら関所まで押し寄せ一戦仕るとの勢いであったので、ひとまず通して助勢を求めに来たと伝えた

ところ、番頭はすっかりと戦いて、

「いやいや、それは好い分別であったな。そのような連中が関所に押し寄せ暴れでもすれば、これに呼応する不届き者が現れるやもしれず、騒ぎは相当なものになっていたかもしれぬ」

などとこちらも大げさなことを言って、人数を出すのはよいが、それではこちらの関所の備えが頼りなくなる。まずは城へと使者を遣り、別に援軍を出してもらうべきところだが、それではもう間に合うまいと、ぐずぐず理屈を並べ一向に腰を上げようとはしなかった。

「それに、おぬしは山越えの疑いがあると申したが、そもそも道というものは必ずどこからか繋《つな》がっているものではないか。山を行ったからとて関所破りとも言えまい……」

「いかにも左様で……」

「連中が道に迷うたと申しておるのであれば、信じてやればよいではないか」

「なるほど、そう言われまするると、某の思い違いであったような気が致しまする……」

こうして、結局この時は、浪人達は道に迷ったということで片付けられた。

ところが、この浪人集団は、その年のこれから寒さが厳しくなろうとする秋の終わりに、今度は西から中山道を辿り、山を抜けて東へ通行しようとして、またも堂峰番所の同心にこれを見咎《みとが》められて、

「道に迷うたのでござる」

と強弁してそのまま通行したのである。

この時もまた、関所の番頭は同心と、

「きっと道に迷うたのであろう」

と処理したものだが、浪人達はまた春になると東から西へと山を抜け、秋の終わりには西から東へ関所を避けて通行した。

こうなると関所の番頭も放ってはおけなくなり、そっと国家老に報告をした。

恐らくあの浪人達は、夏の間は信濃から越後、越中にかけて山賊紛《さんぞくまが》いのことをして、冬になると江戸から箱根の関所間の宿駅で遊びつつ、用心棒などをして暮らしている性質の悪い凶漢なのであろうということになった。

国老達は頭を抱えた。

相手はたかだか十人前後の浪人であるが、猛者揃いで山間での動きには慣れている。これを討伐するにはそれなりの人数と腕の立つ者が求められる。

安中城主・板倉家は三万石の大名であるが、内一万石は下総《しもうさ》国内の飛領によるもので、実質大名家としての規模は二万石の陣容に等しい。おまけに碓氷関所の番も仰せつかっているから、た易《やす》く討伐隊を編成できるものでないのだ。

それに、浪人どもを下手に刺激して、それこそ関所を襲撃されるようなことになって、旅人に被害が出れば公儀からどのようなお咎めがくるかわからない。

考えてみれば、浪人達もそっと〝道に迷った〟と言って山越えをしているのだ。互いの暗黙の了解事にして一年に二度ばかり目を瞑《つぶ》ってやればいいことなのである。

こうして国老達は当主・板倉伊予守には内緒で、この何年もの間浪人達の通行を見て見ぬ振りをしてきたのだ。

それがどういうわけか、この事実が噂として先頃、江戸にいる伊予守の耳に入った。

このところ体調を崩し、安中へ帰るのが先延ばしになっていた伊予守は、

「おのれ、たかだか三万石の小身者よと侮りよったか、小癪《こしやく》な奴めが！」

と、恐ろしい剣幕で激怒した。

しかし、老獪《ろうかい》な家来達は、あくまでもそのような事実はないと白を切りつつ、山抜けする者を一人一人詮議《せんぎ》するのは我が藩の陣容では不可能であると主君を辛抱強く宥《なだ》めた。

伊予守は思慮深く家来達の日頃の苦労をわかっているゆえに、一旦は怒りを鎮めたが、そのような噂が立つこと自体がすでに風紀の緩みであると叱咤《しった》し、信頼がおける硬骨の士・西村万蔵を碓氷関所の番頭として新たに任命した。

さらに、噂の根源である堂峰番所の同心・中間を逼塞《ひっそく》の上役替えにし、この内の一人を野川芳次郎に務めさせた。

というのも、いざともなれば一命を投げ打ってでも番所を守り抜くだけの気概がある男はおらぬのか、という伊予守の期待に応えるべく、芳次郎自身がこれを申し出たという。

「野川芳次郎……、おお、西村万蔵の倅か……」

伊予守は、父の助勢をするために、今より格下の役目に就こうとする芳次郎の覚悟を喜んですぐに召し出した。

そして目の前で剣術の稽古をさせてみると、これが思いもよらずなかなかの腕前である。

「よし、まずは堂峰の番を全《まっと》う致せば、後で褒美を遣わそう……」

伊予守はすぐに芳次郎を堂峰へと送り込んだというわけなのである。

これを聞いた安中城にいる国老達は苦々しい想いであった。

出来る限り領内で紛争はおこしたくなかったが、主命で国表へ来た芳次郎を助けぬわけにはいかない。

関所の番頭に選ばれた西村万蔵は硬骨漢である。この次浪人者がやって来れば、まず目は瞑るまい。それどころか、今まで番所、関所、国老がひとつになって、何事に対しても弱腰で事なかれを進めてきたことに憤慨し、

「安中に男はおらぬのか。某はもし、関所をないがしろにする者あらば、武士の一分を立て、ただ一人となっても賊どもを討つ……」

と、伊予守への絶対服従を誓っているという。

真にもって〝迷惑な父子〟である。

これは何とかせねば、父子が命を落とすのは勝手だが、不良浪人によって家中の者が何人も死傷するようなことになってはどうしようもない――。

そんな悩める松川家老の許に、ある日思いもかけず野川芳次郎から密書が届いた。

それによると、自分が堂峰番所の同心を務めた後、もし噂のごとく浪人達の一団が現れた時は委細国老達の指示に従うつもりであると認められてあった。

つまり、激昂《げきこう》した主君の命に従い、どこまでも戦って死ぬつもりの父・西村万蔵の暴挙を戒めるために、自分は堂峰番所の同心を志願したのだと言うのだ。

松川はこの文を読んで胸を撫でおろして、

「親父の西村万蔵と違うて、あの次男坊は世馴れておるわ」

と、芳次郎の物の考え方に満足をした。

辺境の地に仕えることで殿の覚えをめでたくし、国老達と気脈を通じることでこれからの出世の足固めをする。

「真に西村万蔵、好い次男坊を持ったものよのう……」

そして今、これから任地に向かう芳次郎を前にして、松川与左衛門はにこやかに何度も何度も頷いてみせているのだ。

「では、もしも、噂に聞いたような浪人どもが現れましたその折は……」

芳次郎は恐れ入って訊ねた。

「まずそのようなことはなかろう。もし見かけたとしたら、それは定めて道に迷うてのことじゃ」

「そのように言い切ってよろしゅうございまするか」

「よい。そこ許の相役である今一人の同心には、その由しっかりと伝えてあるゆえに、そこ許は歩調を合せておけばよいのだ」

「畏まってございまする」

「碓氷の関所の方にも、この松川与左衛門の息のかかった者が、そこ許の親父殿の相役として入っておる」

「なるほど、その御方が父が先走った折の重しとなって下さるのでござりまするな」

「左様、その者達がいることによって、西村万蔵の命も長らえるというものじゃ。そこ許も、くれぐれもおかしな気持ちを起こすではないぞ」

「わかっておりまする。いくらめでたい男とて、ただ一人で十人からいる相手とは戦えませぬ。ただ、命を救うためとはいえ、父を欺くことが些《いささ》か辛《つろ》うござりまするが……」

「欺くと申しても、それは父を想うてのことじゃ。何も恥じることはない。よいか、浪人どもが道に迷う頃合は、例年のことから考えるとこの五日の間かと思われる。心してかかるがよいぞ」

「この五日の間……さぞかし殿もお嘆きでござりましょうな」

「これ、それを申すな……」

「ははッ……」

五

それから二日がたった。

野川芳次郎は、堂峰番所へ赴任し、山中に建てられた同心屋敷へ、小者の七三と共に入った。

相役の同心は坪井茂助《つぼいもすけ》という四十絡みの武士で、芳次郎より先んじて赴任していたのだが、芳次郎が到着するや、配下の中間二人と共に自邸へ招いて、酒肴《しゅこう》を調え歓待してくれた。

山の中とて魚は鮒《ふな》の味噌《みそ》漬けくらいしかなかったが、竹輪蒲鉾《かまぼこ》に葉付き大根の汁や、独活《うど》、つくしなどの野菜の天ぷら、焼き豆腐に木の芽味噌をかけた一品など、なかなかに凝った物が出てきた。

これらを料理したのは、松川家老が芳次郎と面談した後急ぎ寄こした中間で、坪井はさすがに松川の息がかかっているというだけはある。芳次郎が主君・板倉伊予守の覚えめでたく、この地に派遣されたと思いきや、その実は松川と気脈を通じていることを早くもこの中間によって報されたようで、

「野川殿が話のわかる御仁で何よりでござった。我らは僅かな人数でこの番所を守ら

ねばならぬのでござる。互いに気心が知れておりませぬとな……」

などと意味ありげに笑った。

「まったくでござる。坪井殿は、たとえば某が道に迷うて山に紛れこんできた浪人者達に、戦いを挑んだとすれば何となさるおつもりでござったのかな」

「それはもう、御貴殿のためにも、番頭であられる西村様のためにも、身を呈してお止め致すつもりでござった……」

「はッ、はッ、左様でござりまするか。国表におきましては、殿よりも御重職の皆さまの思し召しが大事なのでござりまするな」

「何事も波風を立てぬように、御家の安泰をはかる……。これこそが何よりの忠義かと存じまする。さあさあ一献……」

さて同じ頃――息子の芳次郎が、そのような宴を山の中で開いてもらっているのとは対照的に、碓氷の関所に入った西村万蔵は、配下の者からはまるで歓迎をされていなかった。

相役の番頭・杉内政蔵《すぎうちせいぞう》は当然のごとく、松川家老の息がかかっており、

「殿にあらぬ噂を吹き込んだ者がいるようにて、真に迷惑なことでございまする。山越えをする者がいたとして、この関所の人数を割いて追捕することなどどう考えても

無理でござりまするよ」

などと、早速万蔵に対して釘《くぎ》を刺してきたものだ。

「だと申して、関所破りをする者をみすみす見逃してよいはずはござらぬ。関所の人数を割いてと申されたが、我ら番頭が二人いるは一回交代で相勤めるがゆえのこと、つまり、必ずどちらか一人は関所を離れて動くことが出来るはずではござらぬかな」

万蔵は淡々としてこれに応えて、杉内を黙らせたが、この上はこのような者に何を話したとて無駄だと口を噤んだ。

万蔵はこの時点で、老臣達が主導して関所破りを見逃していることを確信していた。

そして、誰の得にもならぬことは、主君の意に逆ってまでもやらずにおこうという姑息《こそく》なものの考え方が、いつからこれほどまでに蔓延《まんえん》してきたのであろうかと呆れ返る想いであった。

主君・伊予守は、家の名誉を守るということは、関所破りの存在をなかったことにするものではなく、たとえ関所を破られたとしても、これに毅然《きぜん》たる態度で向かった事実を知らしめることとなのだと文に認め、西村万蔵に関守を命じたのである。

その想いを踏みにじってまで手にしたい泰平とはいったい何なのであろうか。

――命を賭《か》けてこそ武士ではないか。その覚悟をもって生きるからこそ、日頃威張っていられるのではないか。

万蔵は胸の内で世の趨勢《すうせい》を恨んでみたが、

「かくいうこのおれも、偉そうなことは言えぬ……」

と、苦笑いを禁じえない。

子供二人に学問を奨励したのは、これからの世には武芸より学問が大事であり、これを修めることが御家のためになるのだ——そう言い聞かせてのことであった。

だが、その言葉の奥底には、自分のような武骨な一徹者は損をすることはあっても、まず得になることはないという、万蔵なりの子を想う気持ちがあったのだ。

つまり、信念を持って生きているつもりでも、自分の生き方は損であると一方では嘆いていることの表れではないか。

自分でさえそう思っているのだ。家中の者が自分に賛同しないのは当然である。親が子の安泰を願い、凶悪で凄腕《すごうで》の浪人どもとは、できうる限り事を構えてもらいたくないと考えるのは人情ではないか。

事実、万蔵は江戸詰の小納戸役を務めながら、わざわざ堂峰の番人を望んだ次男坊を、

「たわけたことをしよって……」

と叱責した。

「偉そうなことは言えぬ……」

番所の詰の間で、万蔵はまた呟いた。

堂峰番所に入った芳次郎はどうしているであろうかと、つい気になったからである。

——芳次郎にはあ奴なりの生き方があるのだ。任せておけばよいのだ。

誰もが泰平の世に慣れ、安心して暮らせることがあたり前だと思うようになった。

「どいつもこいつも腑抜《ふぬ》けた面をしよって……」

番所の内を見廻すと、目の前にいるのはどれも顔立ちは整っているが、面白味のない若い侍ばかりである。

——時代が変わったということなのであろうか。いや、そうではない。

自問する万蔵に、江戸から来た二人の剣客の爽やかな顔が浮かんだ。

峡竜蔵、神森新吾……。あのような武士もいるではないか。

万蔵は、碓氷の関所に入るや、自分の後を追うようにして関所の門を潜《くぐ》り、西へと旅発った剣の師弟のことを思い出した。

手形を見せて通る際、峡竜蔵は驚いて会釈する万蔵に対してにこやかに頷いて、ただ無言で去っていったのだが、今となってはそれが何やら意味ありげで心に残る。

そしてその時見せた峡竜蔵の男らしく愛敬のある顔《かんばせ》を、知らず知らずのうちに我が子・芳次郎のそれと比べている自分に、また苦笑いを禁じえなかったのである。

その、峡竜蔵はというと――。

安中城下で堂城鉄太郎との約束を果し、西村家に逗留した後は、西村家の一同、野川芳次郎と別れ、中山道を西進して碓氷の関所を通って、そこからほど近い坂本宿に腰を据えた。

毎朝旅籠を出て、新吾と二人で八幡宮の石段を駆け登り、本堂に参拝すると、その裏手の山中で稽古をするのだ。

堂城銀之助に二十五両の金を渡し、彼を晴れて自由の身にした後は、山籠りでもするかと言っていた竜蔵と新吾であったが、西村邸を出る際、万蔵の妻女・えんが二人にそっと告げた事実が、剣の師弟を堂峰番所の傍に居さしめた。

えんがしたことは、武家の妻として主人や息子二人の決心や行動に、今まで一切の口を挟まず、ただ黙って家の内を守ってきた貞淑な彼女が、初めて起こした小さな反乱であったかもしれない。

だがそれは、彼女の素晴らしき夫と息子を、剣俠の精神を持つ、この若き剣の師弟と再び結びつけ、美しき武士の正義の華を咲かせることになる。

坂本の宿に逗留すること四日目の昼下がりのことであった。

八幡宮の裏山で一汗流した竜蔵と新吾は、本堂の前で休息をしていたところ、

「真に精が出ますな……」

社人が冷たい茶を届けてくれた。

今時、山で剣の修行をしようなどという武士がいることに感動を覚え、竜蔵の江戸前でさっぱりとした気性が随分と気に入ったようである。

竜蔵と新吾がここで稽古を始めてもう次の日から社人は、二人の姿を見かけてはあれこれ声をかけてきて、江戸の様子などを訊ねてくるようになった。

「これは忝うござる……」

竜蔵と新吾が茶をありがたく飲み干したその時であった。

「ほう、山焼きでも始められたのかな……」

社人が碓氷の山の方を見て言った。

「あれは堂峰の御番所の辺りでしょうかな……」

その途端、境内脇の大木の切株に腰をかけていた竜蔵と新吾はすっくと立ち上がって、山の彼方《かなた》を見つめた。

二条の煙が立ち昇っているのが見える。

「いや、山焼きにしては煙が細すぎまするな。はて、いったい……」

社人はのんびりと煙の行方を追いかけていたが、振り返ると竜蔵と新吾の姿はそこになかった。

二人は石段を脱兎《だつと》のごとく駆け降りると、いつも鳥居前で客待ちをしている駕籠《かご》にとび乗って、山の登口へと向かったのである。

そして同じ頃――。

碓氷の番所の詰の間で、遠く空を見つめていた西村万蔵は、そっと身繕いを整えると、厠《かわや》へ立ったふりをして人知れず厩舎《きゆうしや》へと向かいたちまち馬上の人となった。

「こ、これは西村殿、馬にまたがり、いったい何の真似にござる」

万蔵の姿を見咎めて杉内政蔵が駆けてきた。

「西村万蔵、これより主命を果しに参る。ええい、そこをのかぬか！　踏み潰《つぶ》してくれようぞ！」

万蔵は大音声で杉内を一喝すると、呆気にとられる番士達を尻目に関所を出て、砂《さ》塵《じん》をまきあげつつ中山道を西へ向かった。

疾駆する騎馬武者の向かう先には、二条の煙が上がっていた。

六

「あの煙は何でござるかのう」

同心の坪井茂助が言った。

堂峰番所がある高台の石垣の上から見ると、少しばかり下の方の木立の向こうからもくもくと二条の煙が立ち上っている。

「ああ、あれは某の下におりまする、七三が、狼煙《のろし》を上げているのでござる」

並んで見ている野川芳次郎がにこやかに答えた。

「狼煙ですと……？」

怪訝《けげん》な表情を浮かべる坪井の傍へと、中間二人もやってきて首を傾げた。

「間もなくこれへ、関所破りの浪人どもがやってくるという合図でござるよ」

「何と……？」

坪井は東から続く山の小路《こみち》を見下ろした。

すると、はるか遠くから番所の方へと向かって整然と歩いてくる浪人の一団が見えた。

「確かに……、やって来る……」

ついにやってきた浪人達の姿を見て、坪井は興奮に声を上ずらせたが、ふと我に返り、

「七三という者が狼煙を上げていると申されたが……」

「いかにも、そろそろ来る頃であると思いましてな。遠眼鏡を持たせ、方々から見張らせていたのでござりまする」

「それで早くも見つけたと申すは天晴《あっぱ》れでござるが、狼煙など上げずとも我らにはすぐに伝わるはずでござろう」

「いや、これは御番頭・西村万蔵殿に伝えるための狼煙でござる」

芳次郎は爽やかに言い放った。

これに坪井は色をなし、

「なに……！　野川芳次郎……、おのれ御家老を欺いたか！」

「いかにも欺いた。何故ならば、その御家老が殿を欺いたゆえのことだ！」

芳次郎は、父親譲りの大音声で坪井を一喝すると、左手に提げていた太刀の鐺《こじり》で坪井の鳩尾《みぞおち》を丁と突いた。

「うむッ……」

坪井はたちまちその場に崩れ落ちた。

「この腰抜けめが恥を知れ！」

芳次郎はさらに坪井を叱責すると、太刀を引き抜き、その切っ先を思わず腰の脇差に手を伸ばした中間の一人の鼻先につけた。

「い、命ばかりはお助けを……」

「おぬしらの命など取るつもりはない。おれはこれから関所を破らんとする浪人共を追い払いに行く。もはやついてこいとは申さぬゆえに、この恥知らずと共にここを出て城に巣食う狸《たぬき》どもに報せに参れ」

芳次郎は、番屋に背を向けた。

「馬鹿な……。いかに御番頭の下知とて従う者はないはず……。みすみす殺されに行くようなものだ……」

坪井が呻《うめ》きを洩《も》らした。

「たとえ殺されても譲れぬものがある。それが正義だ。男の意地だ……。某は父よりそう教わった。おぬしらの事なかれを望む想いが、悪人どもを図に乗らせたのだ……」

芳次郎は背を向けたままそう言い捨てると、番所を出て、ゆっくりと迫り来る浪人達の方へと向かっていった。

胸の鼓動は高まったが、武士として御家に仕える者にとって、これだけの晴れがましい舞台があるだろうか。この日のために芳次郎は江戸を出て、懐《なつか》しい上州の地へ戻ってきたのである。

去年の暮れのこと。江戸屋敷に国表から道田《みちた》という小納戸役が所用を足しに出張をしてきた。

この役人は子供の頃によく安中の地で共に遊んだ芳次郎の昔馴染《むかしなじみ》で、故郷が懐しい芳次郎は道田を江戸屋敷内の住まいに招きあれこれ昔話などした。

ところが道田は酒に酔ううちに、黙っていようと思ったが言わずにはおられぬことがあると、たまたま重臣達が喋っているところに出くわし、これを盗み聞いてしまったという関所の秘密を、芳次郎に語り聞かせたのである。

芳次郎は憤慨したが、国表の家来達の苦労もわかるだけに、その場は聞かなかったことにしておこうと思った。

しかし、板倉伊予守は家来の一人一人を覚えていて、何かというと芳次郎にも気易く声をかけてくれるありがたい主君である。その伊予守に対してこのまま家中の者が事実を隠蔽《いんぺい》し続けることは堪えられなかった。

そうこうするうちにすでに隠居していた養家の父が病に倒れ帰らぬ人となった。

芳次郎はこれによって野川の家を孤立させようが、潰してしまおうが当主である自分の意を貫くべきだと思い定め、悔《くや》みの言葉をかけてくれた伊予守に、このような噂が流れておりまするとと自らが訴え出て、今日の日を迎えたのである。

あくまで噂であると主君に伝えたのは国老達への気遣いであった。

せめて、板倉家を小身と侮る憎き浪人者達に一泡吹かせてやりたい。しかしそれがもし失敗して、凶悪にして屈強な浪人どもが関所を襲うようなことがあったら、御家の一大事に発展しかねないゆえに、国老達はあの手この手で、自分と西村万蔵が浪人どもと一戦交えることができぬように取りはからうであろう。

そこで芳次郎は、日頃から抜けめのない策士を演じ、松川家老にも取り入って、無謀に走る父・万蔵を諌《いさ》めんとして赴任するものであると、体裁をとりつくろったのだ。

そして、裏では父・西村万蔵と、密かに今日のことを打ち合せていたのである。

「見慣れぬ顔だな……」

ついに浪人達の姿がはっきりと見える所にまできた。

「この度、当番所に参った野川芳次郎と申す」

芳次郎は堂々たる様子で応え当番所の同心である証《あかし》の十手を掲げた。

浪人達は首領を合せて九名。よくこれだけ凶悪な者を集めたものだと思える面々である。

「左様か、まず誰でもよい。我らのことは聞いておろうな」

「いかにも聞いてござる」

「ならばよい。道に迷うたようじゃ。これより来た道へ戻る……」

首領は芳次郎の手にズシリと重たい金袋を手渡し、来た道を戻ると言いつつ、先へ進み始めた。

――そうであったのか。

芳次郎は呆れ返る想いであった。いくら屈強の浪人どもとはいえ、春と秋の決まった頃に来るのである。その気になれば兵を繰り出してでも対決することが出来たはずだと、不思議で仕方なかったのだが。

――なるほど、金が絡んでいたのか。

浪人達は番士を脅した上で金を握らせ、小役人はこの金を配り、自分だけの罪にならぬようにして、この秘密を守ってきたのであろう。

「あいや待たれよ……」

芳次郎は浪人達を呼び止めた。

たちまち九つの恐ろしい顔が振り返り、芳次郎を睨みつけた。

「何か用か……」

「いや、ちとこの先のことについて相談致したきことが出来《しゅったい》いたしましてな……」

芳次郎はにこやかに語りかけた。

まだ父・万蔵からの到着の合図がない。今しばし時を稼がねばならなかったのだ。

その頃、万蔵は――。

山の登り口にさしかかった処で下馬し、坂道を登ったが、そこで思わぬ二人に出くわしていた。

峡竜蔵と神森新吾である。

二人もまた、駕籠を走らせ登り口まで来ると、そこからは健脚を生かして一気に駆け登り、万蔵の来着を待っていたのである。

「これはいったい……」

「すべては御妻女からお聞き致しました」

「えんが……」

「父と子が力を合せて賊を討つと……。義を見てせざるは勇無きなり。峡竜蔵、神森新吾と共に助太刀致す」

「えんがそのようなことを……」

万蔵は、不覚にも妻が父子の会話を盗み聞いていることに気付かなかったことを恥じた。

「いや、お気持ちはありがたいが……、それはなりますまい」

竜蔵に助勢を請えば、御家の恥を外にさらすことになる。それゆえ、万蔵はためらった。

「わたしはあくまでも通りすがりに御助勢を致した者にて何も知り申さぬ。ささ、問答をしている間はござりませぬぞ」

この上は、我ら二人もここから引かぬという気構えを竜蔵は見せた。

「忝うござる……」

万蔵は深々と頭を下げた。碓氷の関所で見せた竜蔵の意味ありげな笑顔は、果してこのことであったのかと今さらながら思い知らされた。

「さあ、早く……」

竜蔵は急《せ》かせた。

「しからば……」

万蔵は少し登った高台の広場に出て、持参した打上げ花火を空へとあげた。

坂の上では——浪人達と芳次郎が談合していた。

「殿の仰せでこの夏より、新たな番所ができることになりましてな。そこへは公儀道中奉行配下の役人が詰めることとなり、ちと話がややこしくなって参ったということで……」

芳次郎の作り話に浪人達は聞き入った。

その困惑の表情を見るに、こ奴らもまた、この何年もの間の安泰に慣れてしまったように思えた。注意深く処を転々としながら悪事を働くこの九人は、集合解散を繰り返し、巧みに強請《ゆす》り集《たか》りを成功させてきたのであろうが、

――一人一人は大して強くないのに違いない。

恐るるに足らずと思った時に、下の方から花火が上がるのが見えた。浪人どもは背を向けているゆえに気付かない。

「それで、某の願いと申すは、この際、関所破りとしておとなしく縄目についてもらいたいということだ！」

芳次郎は言うや金の包みを首領の顔面めがけて投げつけた。

「おのれ！」

首領はこれをかわしたが、頭に血が昇って、

「死ね！」

と芳次郎に抜き打ちをかけた。

しかし、芳次郎はすでに坂の上へと駆け出していた。

浪人達はこの時、そのまま走り去れば、無事関所を通らず信濃路へと出られたかもしれなかった。だが奴らには奴らなりの意地があった。もはやこの関所抜けが出来ぬのであれば、この小癪な同心を始末してから姿をくらましてやろうと思い立って後を追ったのだ。

しかし、山道は狭い。隊列は縦に伸びきらざるをえない。すると、少し登ったところで、隊列の側面に向かって、脇の草地の斜面から丸太が転がり落ちてきた。

予《かね》て手はず通り、芳次郎の小者・七三が仕《し》掛《かけ》た罠《わな》であった。ここへ来るまでの間、芳次郎が地形を調べあげ、念入りに立てた策であったのだ。

この不意打ちに丸太に足をすくわれる者、強打する者で動きが止まり浪人達は混乱した。

「それ！」

芳次郎は振り返ると、太刀を抜き放ち坂を駆け下り、七三も芳次郎から与えられた太刀を引っ提げて斜面を駆け下り、浪人達に襲いかかった。

それでもさすがに争闘には慣れた連中である。丸太の攻撃にさらされても、その場で動けなくなった者は二人だけで、七人は未《いま》だ達者であった。

「子供騙《だま》しの手で我らを捕えようとは笑止な！」

そして、芳次郎と七三を迎え討ったのだが――。

浪人どもの敵は二人だけではなかった。

背後から、西村万蔵が峡竜蔵、神森新吾と三人で襲いかかってきたのだ。

「先生！」

芳次郎と七三は絶叫した。

まさかここへ駆けつけてくれるとは夢にも思わなかった剣客二人がここにいるとは――。

「おうおう、やるのか！」

喧嘩口上でつつっと近寄るや、藤原長綱《ふじわらながつな》二尺三寸五分を峰に返して、竜蔵はたちまち一人を叩き伏せた。

この時、新吾は万蔵を助け、浪人二人を相手に斬り結んでいたので、竜蔵は丸太を飛び越え、前後どちらへ進もうかためらう二人に猛然と打ち込み、一人の肋《あばら》を砕き、今一人の面を割った。

芳次郎は七三の助けを得て、首領とその配下一人と激しく斬り合っていた。

「野川殿、露払いを致す！」

竜蔵は首領に加勢する一人に迫ると、

「うむッ！」

と、真向《まっこう》から一撃を見舞った。

竜蔵の強烈な峰打ちは、これを受け止めた浪人の刀をへし折り、そのまま首筋を打った。

この、俄に現れた浪人者の、余りにも強烈な気合と剣捌きに、首領は色を失った。

今までこれほどまでに、自分達に無造作に近寄ってきて、迷わず打ち込んでくる武士が一人でもいたであろうか。

気がつけば浪人者の首領は、一人で芳次郎と七三を相手にしていたのである。

「野川殿、こ奴ら口ほどでもござらぬぞ！」

竜蔵の笑いは芳次郎、七三の士気を大いに高めた。

しかし、その時丸太に足を痛めた一人の浪人がそっと半弓に矢をつがえる様子に竜蔵は気付かなかった。

その矢は、今しも目の前の相手の小手を叩き、見事その刀を打ち落とした西村万蔵に向かってとんでいった。

「父上！」

芳次郎の叫びも虚しく、矢は万蔵の胸に突き立った。万蔵はその場に倒れこんだ。

「馬鹿野郎！」

竜蔵は半弓の浪人目がけて己が脇差を投げつけた。

絶叫と共に半弓の浪人はその場に倒れた。その太股《ふともも》には竜蔵の脇差が見事に深々と突き立っていたのである。

「えい！」

なかなか一人を倒すことができず苛立《いらだ》っていた神森新吾は、屈《かが》みざまに相手の膝《ひざ》に手練《てだれ》の一刀をくれてそ奴を倒し万蔵に駆け寄った。

「父上！」

絶叫した芳次郎は、七三が横合いから打ち込んで体勢の崩れた首領に遮二無二《しゃにむに》打ちかかり、ついに怒りの一刀を脇腹にめり込ませると、同じく万蔵に駆け寄った。

「父上、父上と申すな……。お前は他家へ養子にやった身じゃ……」

万蔵は意外や、張りのある声で応えた。

矢は神森新吾によって丁寧に抜かれて、傷口にも応急の処置が為《な》されていた。

万蔵が長年鍛えた胸板は厚く、右の胸板に突き立ったものの、刺さる寸前に体をかわしていたこともあり、大した深傷にもならなかったようだ。

芳次郎はほっと胸を撫で下ろした。

「御無事のようで何よりでござりまする」

「昔もこういうことがあったな……」

万蔵は丸太に背をもたれさせて大きく息を吐くと、ニヤリと笑った。

「覚えておりますよ。城下で浪人者が酒に酔って大暴れをして、誰も手に負えなくて父上が駆り出されて……」

「うまく生け捕ったはよいがその折に腕を斬られ、血まみれで屋敷へ戻ったら、お前がおれを迎えて泣いた……」

「左様でございました……」

「そのようなお前であったゆえに、穏やかな御役につけるようにと、江戸へ養子にやったものを……」

万蔵はほのぼのと温《ぬく》もりのある声を芳次郎に投げかけた。

「それはまだほんの子供の頃のことではござりませぬか、私は大人になるにつけ、父上のような強い男になりたいと思い、武芸に励んだと申すに、江戸へ養子にやらされて悲しゅうござりましたぞ」

「これ、罰当りなことを申すな。ほんに、親の言うことを聞かぬ奴め……。だが、この西村万蔵、この場をお前と共に迎えられたことは、何よりの誇りじゃ……。芳次郎、お前が助太刀にきてくれると知った時は嬉しかったぞ……」

「ははッ、父上にお誉めいただき、この芳次郎も嬉《うれ》しゅうございまする……」

畏まる芳次郎の目に光るものがあった。

万蔵は涙を堪え、

「七三、天晴れじゃ」

と、芳次郎に命をかけて付き従った七三を称《たた》えると、じっと竜蔵と新吾を伏し拝むように見て、

「あとは、えんの差し出口を叱るばかりでござるが……、峡先生、神森殿、御恩は生涯忘れませぬ……」

と、芳次郎、七三と三人で深々と頭を下げた。

それから――。

峡竜蔵と神森新吾は、呆気ないほどの早さで安中城下を後にした。

あくまでも通りすがりに、西村万蔵、野川芳次郎の勇気に接し助勢しただけであり、

堂峰番所で何が行われていたかなどはまるで知らないという態度を貫くのに、長居は無用であったのだ。

しかし、やがて浪人どもの身柄を引き取りにきた板倉家の家臣達には、大目付・佐原信濃守の屋敷において剣術指南を致す者と名乗り、万蔵と芳次郎の快挙を絶賛したものだ。

松川家老以下老臣達は、一様に大目付という響きに戦き、手の平を返したように、万蔵と芳次郎の俠気を誉めあげ、新たな保身を図ったそうであるが、これを機に城主・板倉伊予守は人事を刷新したという。

もちろん、旅を楽しむ竜蔵、新吾には、そんなことはどうでもよいことであったが――。

今二人は沼田城下を目指して前橋から沼田街道を北へと向かっていた。

沼田城主は、竜蔵の師・藤川弥司郎右衛門が仕えていた土岐美濃守で、この地は直心影流とは縁の深い地なのである。

当然のごとく新吾の足取りも軽い。

「それにしても先生、親というものはどうして、子供の幸せを自分で決めつけてしまうのでしょうねえ」

「そりゃあ、我が子かわいさゆえのことだ。お前の御父上はどうだ。同じ剣術をするならもっとまともな道場でやれなんて言ってお前のことを心配していないかい」

「そんなことは申しません。ただ……」

「ただ何だ」

「お前の先生は素晴らしい御方だが心配だと」

「何だ、おれのことを心配してくれているのかい」

「はい。峡先生は人が好すぎると」

「はッ、はッ、そいつは確かだ。人の好いのも馬鹿の内だってお袋殿に言われたが、まったくおれはおめでてえ。手前の命を狙《ねら》った男の生き別れになっている倅に会いに、上州まで旅に出るんだからなあ。しかもあの二十五両は、おれの首にかかった殺しの請負い料ときたもんだ。考えてみれば大馬鹿だな……」

おまけにその先で関所破りの凶悪な浪人相手に戦ってみたりして、竜蔵は我ながら自分の人の好さに呆れ返る思いであった。

「だがな……。これで堂城鉄太郎もおれを許してくれるだろうよ」

「許す……？」

「ああ、おれという男がこの世にいなけりゃあ、あの人も命を落とすことはなかったんだからよう」

新吾は何と応えてよいかわからず旅の空を見上げた。

剣客には望むと望まざるにかかわらず、命のやり取りをしなければならない時がある。

そう覚悟を決めながらも、この先生はやはり堂城鉄太郎を斬ったことを心の底から悲しんでいる——。

——好い先生だ。

新吾はつくづくと幸せな想いに浸りながら、

「旅というものは好いものですねえ」

「そうかい」

「はい。色んなことを忘れさせてくれます」

「ふッ、ふッ、お前も味なことを言うようになったな」

「いつか、竹中さんと半次親分と、常磐津《ときわず》のお師匠も一緒に旅をしとうございます」

「庄さんに、親分に、お才か……。そいつはいいな。新吾、お前はほんにやさしい奴だな」

竜蔵はちょっとばかり照れ笑いを浮かべる新吾の肩を二、三度叩くと、彼もまた旅の空を見上げた。

むくむくと空高く入道雲が浮かんでいる。

関東ではこれを大男にたとえて〝坂東太郎《ばんどうたろう》〟と呼ぶ。

竜蔵にはその坂東太郎が、父・虎蔵の姿に見えた。

「いつも見守ってくれてありがとうよ……」

竜蔵は空に向かって片手で拝んだ。

第四話　暗殺剣

一

「何でえ、お才の奴、人の気も知らねえで好《い》い気なもんだぜ……」

峡竜蔵は舌打ちした。

その日、竜蔵は稽古《けいこ》の合間を縫って、昔馴染《むかしなじみ》の妹分である常磐津《ときわず》の師匠・お才を、三田同朋町の稽古場へ訪ねたのであるが、お才は弟子に稽古をつけていて竜蔵にはまったく愛想が無かったのだ。

いつもの竜蔵であれば、自分がお才と馴《な》れ馴れしくしていると、お才目当ての男の弟子がおもしろくないだろうし、それでは商売の妨げになると思って稽古の最中は、

「また来らあ……」

と、細目に開けた格子戸の間から目でものを言って、そそくさと退散するのであるが、今日はどうも気に入らない。

このところ、かつて私塾〝文武堂〟の塾長であった笠原監物に、しつこく命を狙《ねら》われている峡竜蔵である。

念には念を入れねばなるまいと、身の周りの者達が巻き添えを食わぬよう、あれこれ気遣いを見せていた。

祖父・中原大樹、母・志津が暮らす本所出村町の学問所には、同じ敷地内に剣友・桑野益五郎の道場を誘致し、その抑えとした。

一番弟子でありながら腕の立たない、竜蔵の軍師・竹中庄太夫にも安全を説き、長屋の大家の許しを得て、いざという時には屋根の上から逃げられるよう密《ひそ》かに、押入れの天井に細工を施した。

そして何よりも気になるのはお才であった。

以前、剣客・松野久蔵《まつのきゅうぞう》が笠原から峡竜蔵殺しを請け負った押上の宇兵衛という香具《や》師《し》に雇われ、竜蔵に果し合いを申し込んだことがあった。

その時久蔵は、竜蔵が断れぬようにと、お才を攫《さら》った。

幸い大事には至らず、久蔵は正々堂々と竜蔵と戦い、竜蔵は久蔵の命を取るまでもなく見事にこれを〝返り討ち〟にしてお才を連れ帰ったのだが、この時の竜蔵の衝撃は大きかった。

それからは、お才の稽古場と奥の住まいにも、忍者屋敷かと見紛《みまが》うようなドンデン返しを壁と床の間の床に設《しつら》えるよう手配し、隣の家が空いたと知るや、ここに笛作りの太一《たいち》を住まわせた。

太一は、妻の信乃《しの》と二人で竜笛を作りつつ、玩具《おもちゃ》の竹笛を売り歩いて暮らしている男であるが、かつては杉山又一郎《すぎやままたいちろう》という名の武士で、梶派《かじ》一刀流の遣い手であった。

その折に仕えていた大名家の重役どもの不正を糺《ただ》そうとして、かえって罪を着せられ追手を差し向けられたところを峡竜蔵に助けられた恩義があるゆえに、竜蔵から理由を聞かされると喜んで転居に同意してくれたのである。

竜蔵はそれだけでは気がすまずに、直心影《じきしんかげ》流長沼道場の俊英で、竜蔵を慕う若き剣客・中川裕一郎に、お才の稽古場の裏手にある長屋に越してくれるよう持ちかけた。

裕一郎は長沼正兵衛の内弟子であったのだが、そろそろ独り立ちをして道場に通ってはどうだと師から勧められていることを小耳に挟み、竜蔵はこれにとびついたのである。

もちろん、中川裕一郎に異存はない。

竜蔵を慕う裕一郎にとっては、一人の弟子もいない頃の峡道場の存続を助け、あれこれ竜蔵に内職の世話をしたというお才の役に立つならば、これほどのことはなかったのである。

そんなわけで、太一も中川裕一郎も、お才とはご近所の誼《よしみ》を結びつつ、竜蔵からその身を護《まも》るように頼まれていることはおくびにも出さずに、その友情に応《こた》えてくれたのであるが、彼らとて絶えずお才の動きに目を光らせているわけにはいかない。

そこで、竜蔵自身も何かというとお才の稽古場に顔を出して、

「何か変わったことはなかったかい」

と、声をかけるようにしているのだ。

「それなのに、お才の奴ときたら、あんな野郎とペチャクチャ喋《しゃべ》りやがって、このおれに愛想がねえとはどうも気に入らねえ」

竜蔵はお才の稽古場の表でまたもぶつぶつとぼやいた。

どうやら竜蔵は、お才が稽古をつけている弟子のことが気に入らぬようである。

あんな野郎とは——近頃お才に常磐津を習いはじめた、平次郎《へいじろう》という小間物屋である。

お才ももう二十八になるが、下ぶくれのふんわりとした顔立ちに、少し腫《は》れぼったい目元は歳《とし》とともに人を包み込むような、えも言われぬ色香を醸し出して、相変わらず入門を望む男達は引きも切らない。

その反面、そういう男の弟子達をおだてて、宥《なだ》めて、すかして……、などという駆引きが年々煩《わずらわ》しくなってきたお才は、滅多と男の弟子をとることはなくなってきたのであるが、昔馴染の紺屋《こうや》の内儀から頼まれて断り切れず、平次郎に稽古をつけることになった。

ところがこの平次郎、なかなか筋が好い。

おまけに色白の細面の二枚目で、小間物屋の行商をしているだけあって何事にも如才がなく、軽妙な会話には人を惹《ひ》きつけるものがある。

歳の頃は三十になるやならず。木更津《きさらづ》から叔父を頼って江戸に出てきて今は一人、芝永井町の表長屋に住んでいるのだが、小間物屋をするには芸のひとつも出来ねばなるまいと常磐津を習いにきたという。

そういう心がけも立派なもので、紺屋の内儀を始め平次郎贔屓《びいき》の女は多く、平次郎の気を引こうとして、お才の許《もと》へ習いにくる女の弟子も随分と増えたそうな。

今までは、お才に習いにくる男の弟子が、どんな金持ちであろうが、二枚目であろうが、まるで興味を示さなかった竜蔵であったのだが、どうもこの平次郎だけはお才の稽古場ですれ違いその姿を見ると言いようのない腹立たしさが湧《わ》いてくる。

しかも、お才は平次郎といる時はいかにも楽しそうで、訪ねてくる竜蔵など眼中になしといった様子であるからなおさらだ。

何よりも竜蔵は、その腹立たしさの原因が、明らかにお才に対する恋情による嫉妬《しっと》心《しん》であることに気付かされ、それが何とも気に入らないのだ。

まだ十八の頃。互いにぐれて盛り場を徘徊《はいかい》していた頃から、兄妹分《きょうだいぶん》として色恋を忘れて付き合ってきたお才を、やはり自分は女として見ていて、心の底では惚《ほ》れていたのだと認めることが堪《たま》らなく不快なのである。

——ふん、お才があんな生白い小間物屋を相手にするわけがねえだろう。

そして、そんな愚にもつかぬことを思わせる平次郎という存在が、とにかくうっとうしい。

若い頃なら難癖をつけ、一発くらい張り倒して二度とお才に近寄らないようにしたかもしれぬが、平次郎の方は会えば丁寧に挨拶《あいさつ》をしてくるので、今の竜蔵にはそのようなことは出来ない。

何ともやり切れず、それでいてどこか胸の内が浮き立つような不思議な想《おも》いを抱えて、竜蔵は稽古場を後にしたのだが、十歩ほど歩いたところで眞壁清十郎と行き合った。

「何だい清さん、これから常磐津の稽古かい」

竜蔵に問われて清十郎は少し恥ずかしそうに、

「まあ、その、稽古というか、師匠の様子を窺《うかが》っておこうかと思ったのでござるが……」

ことさらに折目正しく応えた。

今では無二の友となった峡竜蔵と眞壁清十郎であったが、本を正せば二人が知り合ったのはお才を通じてのことであった。

清十郎は〝眞木〟と名乗り、大目付・佐原信濃守の側用人《そばようにん》であるという身分を隠して、お才の許へ常盤津を習いにきていた。

生真面目《きまじめ》で音曲《おんぎょく》の類を習おうという風にはまったく見えない清十郎が、お才の稽古場にくるようになったのは、密かにお才を見守ろうとするものであった。

そして、見守るうちにお才には峡竜蔵という頼りになる兄貴分がいることを知って、一見すると乱暴者であるが、その実〝剣俠《けんきょう》〟の精神を持ち続ける竜蔵の人となりにすっかり惚れこんだ。

清十郎の進言で佐原信濃守の屋敷へ出稽古に赴くことになった竜蔵は、以後、清十郎とは大きく友情を育《はぐく》んでいくのだが、そもそも何故《なにゆえ》お才の許へ、柄にもなく常盤津を習いにいくようになったのか清十郎に問うたところ——。

「亡くなった某の両親が、師匠の母親である今は亡きお園殿に一方ならぬ世話になったそうなのだ」

それゆえに、その忘れ形見であるお才が、もしも今何か難儀を抱えているならば、そっと助けてやろうと想ったと言うのだ。

竜蔵が清十郎との交誼《こうぎ》を重ねることで、眞木という弟子が、実は、佐原信濃守に仕える眞壁清十郎という侍であったことは、やがてお才の知るところとなった。しかし、陰徳を積みたいという清十郎の意志を尊重して、清十郎が元はといえば親の恩を返そうとしてお才の稽古場に通い始めたということを竜蔵は今もお才に言わずにいる。

ともあれ、眞壁清十郎の常磐津の稽古は相変わらず続いているのだ。

「師匠の様子を窺いに来たというなら、お才は随分と好い調子だぜ」

竜蔵は清十郎に吐き捨てるように言った。

「好い調子……？」

「ああ、今はお気に入りの弟子に稽古をつけているのでな」

「お気に入り……。もしや、あの平次郎という生白い奴か」

「ほう、清さん、知っているのかい」

清十郎にしては珍しく、人の名を出す時に顔をしかめたのを見て、竜蔵はニヤリと笑った。

自分が平次郎を嫌うのは、お才への嫉妬からではなく、誠実な眞壁清十郎でさえもその名を聞くだけで顔をしかめる、平次郎の人品にあるのだと思えたからである。

「某はあの男が嫌いだ。物腰が柔かく、話す言葉も気が利いていて如才がないが、その実はいかに女をもて遊んでやろうか……。そんなことしか頭にない軽い男のような気がする」

正しく清十郎の観察は竜蔵と同じである。

竜蔵は嬉《うれ》しくなってきたが、相変わらず仏頂面を崩さずに、

「だが、そんな野郎でも、お才の奴が気に入っているんだから仕方がねえなあ……」

溜息《ためいき》混りに言った。

「それは違う。師匠はあんな奴を気に入ってはおるまい。ただ、弟子として扱っているだけだ」

清十郎は少しむきになってそれに応えた。

「そうなのかねえ」

「そうに決まっている。これから某の稽古の番だ。まだ奴が稽古をつけてもらっているのならすぐに追い出してやる」

清十郎はいつもの生真面目な表情で頷《うなず》いた。

無二の友と話すうち、竜蔵の気もすっかりと晴れた。

「そんならおれも安心して帰るとしよう」

竜蔵はにっこりと笑ったが、

「時に清さん、あれから茶道具屋の行方は未《いま》だ知れずか……」

別れ際にひとつ問うた。

「忌々《いまいま》しいことではあるが……」

今度は清十郎、憤りを浮かべて頷いた。

茶道具屋というのは、竜蔵を襲撃した西本修介に肩入れをしていた本田屋惣左衛門のことである。

西本修介に金を渡し、竜蔵を襲わせたのが本田屋惣左衛門であることは間違いなかろう。

西本が二十五両の金で堂城鉄太郎を味方につけ、峡道場に夜襲をかけた翌日——惣左衛門は浅草黒船町に開いていた茶道具屋共々消え失せていた。

惣左衛門が、高家《こうけ》・大原備後守邸に出入りしていたのをつきとめていただけに、眞壁清十郎は歯噛《はが》みした。

竜蔵の命を狙う笠原監物が備後守の異母弟で、その庇護《ひご》を受けていたことから考えても、本田屋惣左衛門という茶道具屋が、行方が知れぬ笠原と備後守を繋《つな》いでいたことは想像に難《かた》くないからである。

そして、惣左衛門は佐原信濃守邸にて剣術指南を務める峡竜蔵を襲わせた。この事は明らかに、大原備後守が高家を監察する大目付・佐原信濃守に喧嘩《けんか》を売ったことに等しい。

竜蔵は西本修介を返り討ちにして、堂城鉄太郎との果し合いに勝利した後、すぐに鉄太郎との約束通り、彼の忘れ形見・銀之助の苦境を救ってやるために、愛弟子・神森新吾を供に、上州安中へと向かった。

清十郎は、せめて竜蔵が旅に出ている間に、本田屋惣左衛門の身柄を確保したかったのであるが、竜蔵が新吾と二人江戸へ戻って十日が過ぎようというのに、未だに、本田屋惣左衛門の行方は杳《よう》として知れなかった。

「そのうちまた何か仕掛けてくるかもしれぬ。竜殿、師匠の心配もよいが、まず何よりも自分の身を案じて下されい」

「それもそうだな。考えてみりゃあ、おれはあんまりお才の傍《そば》へ寄らねえ方がよかったんだ……」

命を狙われている竜蔵の傍にいるから、とばっちりを受けるのだと、竜蔵はつくづくと言った。

「しばらくの間は、清さんにお才のことは頼んでおくよ」

「確《しか》と承った。竜殿の大事な人のことだ。某が命をかけてお守り致そう」

「はッ、はッ、相変わらず清さんは堅苦しいねえ。だからこそ頼りになるのだが……。お才も平次郎など相手にせずに、清さんに惚れりゃあいいんだ」

「ば、馬鹿なことを言うではない……」

竜蔵はしどろもどろになる清十郎に笑顔を残して歩き出したが、お才の稽古場から出てきた平次郎の姿が目にとまり、たちまち元の不機嫌な顔となった。

通り過ぎる人にはにこやかに会釈をして、何とも腰の低い平次郎なのであるが、

――やはり気に入らねえ。

竜蔵はゆさゆさと肩を怒らせて再び歩き出した。

前方から賑《にぎ》やかな声を張りあげて歩いてきた勇み肌の若い衆達が、その恐ろしい姿に触れたちまち口を噤《つぐ》み、道を譲った。

二

それから――。

竜蔵は黙々と道場での稽古をこなし、お才の傍へはまったく寄りつかなかった。

稽古場を覗《のぞ》けば、またあの平次郎の如才のない笑顔と、

「お師匠さんには、眞木さんといい、先生といい、お強そうなお方がついていてようございますねえ……」

などと歯切れの好い口調での追従《ついしょう》を聞かされたりして、また腹を立てねばならないからであったが、もうひとり気になる男が竜蔵の前に現れたのである。

あの日、眞壁清十郎と別れた後、三田二丁目の峡道場へ戻った竜蔵は、思わずお才に対して抱いてしまった恋情を断ち切らんと己に猛稽古を課し、静かな夜を迎えた。

夕餉《ゆうげ》は竹中庄太夫と二人で、奴《やっこ》豆腐と焼き茄子《なす》で軽く一杯やって、とろろ飯で腹を充《み》たした。

後は、祖父・中原大樹が時折森原綾に持たせて届けてくれる国学の書を読むうちに眠気をもよおし、床に入るだけであったが、どうも落ち着かず書にも身が入らない。

――まさか、あのお才に惑わされるとは。

生意気にも、盛り場に三味線を抱えて現れては、夜な夜な町を徘徊していた頃のお才はまだ十五、六の小娘であった。

今よりもなお顔はふっくらとしていて、

「小股《こまた》の切れあがった狸《たぬき》」

と言ってはからかってやったものだ。

――こいつは長い間からかってやりたい女だ。

だからこそ、色恋に落ちて気まずくなることだけは避けようと思った。妹分にして賑やかに騒いでいたいと思った。

その気持ちは、お才がすっかりと好い女になってからも変わらずにいたものを――。

そんなことを考え始めるともういけない。

胸の内に溜《た》まったもやもやは、誰かと馬鹿話でもして忘れるに限る。

竜蔵は道場を出て赤羽根の方へと歩を進めた。

上州から帰ってくるや、見世物小屋〝濱清〟の若い衆である安が、

「旦那《だんな》、ちょいとおもしれえ店を見つけやしたよ」

と誘ってくれた居酒屋がある。

店の中にいくつか炉が切ってあって、そこで何でもかんでも網で炙《あぶ》って食べるのだ。

今時分ならば、懇意にしている香具師の元締・浜の清兵衛の乾分《こぶん》達が誰かしらいて、賑やかなことに違いない。

そう思って、夜風に体のほてりを鎮めながら歩いた四国町《しこく》の人気の無い道で、一人の浪人と行き合ったのだ。

浪人は竜蔵と同じくらいの背恰好《せかっこう》で、編笠《あみがさ》を被《かぶ》っていたので顔はよく見えなかったが、首が太く顔が少し出た、いかにも武骨な風貌《ふうぼう》に思えた。

常日頃ならば、ただ何となくすれ違っていたであろうが、このところの竜蔵は自分に対して放たれる殺気に対しては特に敏感になっていた。

緊張を高めながら浪人の様子をさりげなく見た。

竜蔵と近い間に入ってきた時、浪人は心もち歩く速さを落とした。

その行為が相手もまた竜蔵の動きに緊張している事の顕《あらわ》れであると思われた。

竜蔵の心の内にも自然と、

――くるならきやがれ。

そんな殺気が湧きあがってきていた。

やがて浪人は、強烈な殺気を体中から放ちつつすれ違った。

その刹那《せつな》の抜き打ちを互いに警戒しつつ、二人はやがてそのまま北と南に行き別れたのであるが、竜蔵にはすれ違いざま、笠の下で浪人がニヤリと笑ったように思えた。

その笑いの意味が竜蔵にはわかる気がする。

いつでも抜き合える処《ところ》で、腕に覚えのある者同士がすれ違うということは、もうそれだけでかなりの気力を消費するものである。

だが、その気力がぶつかり合って燃えあがる瞬間、生死の峡《はざま》に生きる者だけが知り得る甘美な陶酔に見舞われて、

——こ奴、できる。

その一言を心の内で叫ぶ時、思わず笑いが込みあげてくるものなのだ。

その陶酔は竜蔵の体をも貫いていた。

このすれ違いは偶然のものなのか否か。

否となれば、件《くだん》の浪人はまず竜蔵という剣客の値踏みに現れたことになる。

そして、これが偶然のものであったとしても、その偶然には何か運命的な出会いが仕組まれているような気にさせられる。

いずれにせよ、新たなる戦いの予感に、ニヤリと笑うしかない。

その途端に竜蔵の胸を切なくさせていたお才の面影が、彼の体内からさらりと消えた。

未だ己《おの》が剣を見つけられぬ身が、一人の女に恋情を抱くことなどあってはならぬのだ。お才が平次郎とよろしくやりたいのなら、それもよいではないか。それがかわいい妹分であるお才の望むことならば――。

竜蔵はしばし夜道を赤羽橋へ向かって歩いたが、やがて踵《きびす》を返して道場へと戻った。

そして、翌日からはまた黙々と稽古に励んだのであるが、あの夜覚えた殺気にそれから独りで外出をすると時折出会うようになった。

ふと気が付くと、あの編笠の浪人の姿が見え隠れするのだ。

だが峡竜蔵にも剣客としての意地がある。

そんな者の存在に恐れていては名がすたるとばかりに、

――かかってくるならいつでもかかってくるがよい。

その想いを胸にしまい、泰然自若としていたのである。

とはいえ、その武士が自分の命を狙ってまとわりついているかもしれぬうちは、お才の稽古場にはやはり近寄らぬ方がよいと竜蔵は改めて思ったのである。

竜蔵は時折自分に向けられる浪人者の視線については誰にも話さず、日々の剣術稽古に没頭したが、それも、眞壁清十郎がお才の身の廻《まわ》りのことに目を光らせてくれている安心があってのことであった。

その清十郎は、竜蔵が頼みに思う以上に、お才のことを丁寧に見守っていた。時には、佐原家の家士を隠密裡《おんみつり》に派遣してまでの力の入れようであったが、そのことは無二の友である峡竜蔵さえも知らなかったのである。

眞壁清十郎がここまで常磐津の師匠であるお才の身を案ずるのは、竜蔵との友情に絡んでのことだけではなかった。

それは、お才が清十郎の主君・佐原信濃守の娘であるからだ。

お才は亡母・お園からついぞ自分の父親が誰か明かされないまま死に別れたが、お園が娘に父親の名を明かさなかったのには、このような背景があった。

佐原信濃守は、十次郎《じゅうじろう》と呼ばれた若き頃は相当な暴れ者で、屋敷を抜け出しては盛り場で遊び呆《ほう》けていた。

とはいえ、十次郎がぐれたのは、大好きな兄がすんなりと佐原家の家督が継げるようにとの配慮からのことであった。

佐原家では長く当主に子が授からず、一族の内から養子を迎えたのであるが、その数年後に実子である十次郎が生まれた。

実子に跡を継がせたいのは人情である。それゆえ家中が迷わぬように、十次郎はたわけを装い放蕩《ほうとう》を尽くしたのである。

そして十次郎はお園という三味線芸者と恋に落ちたのだが、好きだった兄が思いがけなく病に倒れ急死して、十次郎は家督を継ぐ身となり、これを知ったお園は身を引き、忽然《こつぜん》と十次郎の前から姿を消した。

しかし、この時お園が十次郎の子を腹に宿していて、そっと産んで育てていたことが後にわかることになる。

その時すでにお園はこの世になく、十次郎は大目付・佐原信濃守となっていた。

お園がそっと産んで育てた娘こそがお才であった。

今は三田同朋町で常磐津の師匠をしているという。

お園は娘のお才に、父親の名を告げぬままに死んでしまい、そのことでお才は十五、六の頃に随分とぐれたそうな。

信濃守は何とも娘が不憫《ふびん》になり、お才をそっと見守ってやろうと思い、腹心の眞壁清十郎を常磐津の弟子として送り込み、そっと様子を見させたのである。

そこで清十郎はお才を守る兄貴分の峡竜蔵と知り合い交誼を重ねるようになったのであるが、そのうちに、佐原信濃守自身が、この人の輪の中に入りたくて堪らなくなり、今は自らも〝佐山十郎《さやまじゅうろう》〟という、ちょっと豊かな浪人者に身をやつし、お才に常磐津を習うようになった。

それゆえに――。

清十郎が峡竜蔵に語った――自分がお才に常磐津を習いにいくようになったのは、亡き両親がお才の亡母に世話になったからだという事実はなく、主君の娘を守るという臣道であり、竜蔵にありがたがられる以前の義務なのである。

しかし、今ではお才を守ることは清十郎にとってただの主命ではない。主《あるじ》の娘ゆえにおこがましくはあるが、峡竜蔵が妹分だと言うように、今では彼もまたお才を妹以上の存在として捉《とら》えて、苦手な浄瑠璃《じょうるり》の稽古に通っているのであるから、お才が平次郎のような生白い男と好い仲には絶対になってもらいたくはないのだ。

とはいえ、生真面目な清十郎は、主命によって見守っているお才に、個人的に男との付き合いについてあれこれ言うことは憚《はばか》られた。

それでつい、信濃守に、

「峡先生は、どうも平次郎とかいう小間物屋のことが気に入らぬようにござりまする……」

などと佐原邸で二人になった時に、口走ってしまったのがいけなかった。

このところ信濃守は、多忙な日々から一段落ついて、

「お才のことがちょいと心配だ……」

などと十次郎の昔に戻ったような物言いで、折を見ては浪人・佐山十郎となって、お才の稽古場に通っていたから、平次郎のことはよく知っていた。

「佐山様は何とも好いお声をしておられますねえ。こういうところは、わたしのような若造には真似《まね》のしようがございません……」

稽古場ですれ違うと、人当たりの好い笑顔を浮かべてこんなことを言うものであるから、初めのうちは、

「なかなかかわいげのある男だ」

と思っていたのだが、三度言葉をかわせば、幕閣の大物相手に世渡りをする信濃守にはその軽重がわかってしまう。

「あの小間物屋、存外に調子のいい奴よの」

近頃はそんな風に思い始めていたから、

「なるほど、うちの先生もなかなか人を見る目がついてきたではないか。それに、やはり峡竜蔵はお才に惚れてやがる……」

と、何とも嬉しそうな表情を浮かべたものである。

信濃守は贔屓にしている竜蔵とお才が、うまい具合に兄妹分の間から抜け出して、好い仲になってくれたらと密かに願っていたから、このような折に自分が動いて、二

人の恋心をかきたててやろうという、親心と悪戯心《いたずらごころ》が同時に噴き出したのである。

「それにしても、先生がお才に気を遣って稽古場に寄りつかぬというのも忌々しいことだなあ。大原備後守め、おれの贔屓の峡竜蔵を討ち果して溜飲《りゅういん》を下げようとはまったくけつの穴の小せえ野郎だ。おれが憎けりゃあ、いっそこの佐原信濃守の命を狙いに来やがれってんだ。べらぼうめ……」

ますます意気があがる信濃守の勢いは、いかな眞壁清十郎とて、止められそうにもなかった。

三

小間物屋の平次郎というほどの好い男の登場に、お才の周りでは男達がこのように気を揉《も》んでいたのであるが、実際のところ平次郎は、お才を本気でものにしようと企《たくら》んでいるのか、またお才は平次郎に弟子を繋ぎ止めておく方便ではなく、心から気を許し始めているのか――。お才に常磐津を習う者の間では、日毎《ひごと》興味津々たる話題となっていた。

「そんなことはどうでもいいよ。お才の好きなようにすりゃあいいことなんだ……」

おもしろくない気持ちを抑えつつ、このことについてはそういう姿勢を見せている峡竜蔵なのであるが、なかなか世間というものはそっとしておいてくれぬものだ。

三田の界隈《かいわい》に住む者達は皆、峡竜蔵贔屓であり、お才贔屓で、二人が兄妹分の間柄であることを知りながらも、心の底では佐原信濃守の想いと同じで、

〝馬鹿みたいに強い峡竜蔵〟

を御することができる女はお才だけで、そのお才が竜蔵以外の男と結び付くなどとは思いたくもないようだ。

「先生、あの平次郎という小間物屋、ちょいと調子にのっているんじゃあありませんかねえ……」

その日はぶらりと一人で、芝田町二丁目にある行きつけの居酒屋〝ごんた〟の暖簾を潜《くぐ》った竜蔵であったが、この屋の亭主・権太の女房お仙《せん》が、竜蔵の姿を認めるや、入れこみの奥の小部屋へ連れ込むようにして、開口一番こう言った。

〝ごんた〟にはお才も竜蔵に連れられてよく一杯やりにきているから、竹中庄太夫と共に店の常連である。

その誼で、お仙は近頃お才に常磐津を習い始めていたのであった。

権太、お仙夫婦の息子・千太《せんた》も十三になり、店を立派に手伝えるようになったことから、お仙もそういう余裕が持てるようになって元気そのものなのである。

竜蔵はそのことをうっかり忘れていた。

お才が店に来ていたら、何とはなしに極《きま》りが悪いと思っていたのだが、権太が拵《こしら》えてくれる豆腐料理が堪らなく食べたくなり遅めの時分にやってきた竜蔵であった。

幸いお才の姿がなくてよかったと思ったら、いきなりお仙に平次郎の話を持ち出されたわけだ。

「調子に乗っているったってお前、お才の弟子をおれがとやかく言えるもんじゃあねえだろう」

竜蔵は苦笑いを浮かべたが、

「だって先生、昨日今日浄瑠璃を習いにきたくせに、平次郎ときたら、師匠に堀切《ほりきり》の菖蒲《しょうぶ》を見に行きませんか……、なんて厚かましくも誘いをかけたりしているんですよ」

お仙は竜蔵に会ったら言いつけてやろうと思っていたようで、吐き出すように言った。

それを聞きつけた権太が、奴豆腐をよそった小鉢を手にやって来て、

「おい、お仙、うちで一杯やろうと思っておいでになった先生に、いきなり余計なことを言うんじゃねえや」

と窘《たしな》めた。
「だってさ、ちょっと女にもてるからって、師匠を誘うなんて、思いあがっていると
しか言いようがないよ」
「そりゃあまあそうだが、そんな男をいちいち相手にしていられるほど、先生もお暇
じゃねえんだ。早く酒をお持ちしろい」
権太はそう言うと、お仙をその場から追い払って、
「申し訳ございません。あの馬鹿は常磐津の稽古に行っているのか、人の話を盗み聞
きしに行っているのか、しれたもんじゃありませんや」
と、入道頭を軽く撫《な》でて詫びた。
「でもねえ、あの馬鹿は師匠と先生のことが本当に好きなんでございますよ……」
「はッ、はッ、そいつは嬉しいねえ……」
竜蔵には、お仙の言葉も権太の言葉もありがたかった。
「すずきの好いのが入ったので刺身にして持って参りやす」
権太はそう言うと板場へと戻った。
竜蔵の大の贔屓であるが、決して馴れ馴れしくはしない亭主と、時に身内のような
親しさで接してくる女房——行きつけの店にはそんな夫婦がいてほしいものである。

「堀切の菖蒲か……。そういやあお才の奴、一度見てみてえと言っていたが、連れていってやったことはなかったな……」

竜蔵はふっと溜息をつくと、

「いちいち気に入らねえ野郎だな、平次郎って奴は……」

昔の自分のように、お才の周りをうろつく奴は力ずくでどこか遠くへ吹きとばす——そうしてやればいいではないか。大人の分別、師範の風格なんてくそくらえだ。

酒が入るにつれて、そんな想いが竜蔵の体中に再び湧きあがって、収まりかけたももやもやをかき立てた。

——よし、平次郎のことを吹きとばす前に、まずあの野郎と決着をつけてやる。

竜蔵は、そう思い立つや〝ごんた〟を出た。

今夜あたり現れるような気がしていた。それゆえ一人で外出をしたのだ。

その予感は確かなものとなった。

鹿島《かしま》明神を過ぎ、浜辺へさしかかった時に、編笠の侍と行き合ったのである。

「おう！　今夜あたりやるかい……」

竜蔵は初めて声をかけた。

編笠の侍は、何も答えぬ。

だが、立ち止って竜蔵の方をじっと見返してきた。

この編笠の侍こそ、この何日もの間竜蔵につきまとい強烈な殺気を放つ者の正体であることは間違いない。

「お前はおれの命を狙っているのか」

竜蔵は問うた。

それでも編笠は答えぬ。ただ、代わりに首を横に振った。

「それじゃあどうしてつきまとう」

やっとのことで、己が意志を示した編笠に、竜蔵はさらに問う。

編笠は沈黙した。

しばしの間、浜に打ち寄せる波の音が二人の沈黙の間を埋めたが、

「命を狙うためではない。おぬしとの勝負を望んでいる……」

ついに編笠の内から声が聞こえてきた。

武芸者らしい低い太い声であった。

「だったら今日は、その機会に相応《ふさわ》しいぜ」

竜蔵はゆっくりと近寄った。

「いや、今宵はこれにて御免……」

「逃げるのか……」

「逃げる」

「そうかい……」

意外な返答に竜蔵はふっと笑った。

「峡竜蔵ほどの男と立合うのだ。気乗りがせぬ折に刀を抜きたくはない」

編笠は静かに応えた。

「手前の方から人を追いかけ回して、気が乗らねえとはよく言ったもんだぜ」

「すまぬ」

「こいつは御丁寧に……」

竜蔵はまた笑った。

「で、どうして気が乗らねえんだ」

「今宵のおぬしは、とりあえず某と決着をつけてやる……。そんな様子に見える」

「それがどうした」

「それではおもしろくない」

「何だと……」

「とりあえず斬《き》られるのは御免だ」

「お前との勝負のことだけを考えろってかい」

「左様、真剣勝負をするのだ。そうあってもらいたい」

「ふん、お前はおもしれえ奴だな。おれを斬れと誰かに頼まれたのかい」

「それは言わずにおく。だがおぬしとは正々堂々と立合いたい。やがて見参致す……」

編笠はそう言い置くと、竜蔵に背を向けて歩き出した。

「待て。見参はよいが、おれの気が乗らねえ時はどうする」

竜蔵はそれを呼び止めて問うた。

「改めて見参致そう」

編笠は一瞬立ち止まり、背を向けたままで答えるとまた歩き出した。

「ふッ、おかしな野郎だ……」

おオに会いに行く前に、とりあえず編笠と決着をつけてやろうとした想いを、奴は見事に言い当てていて、誰に頼まれたかは言わぬが正々堂々と剣を交えたいと言った。

その言葉に嘘はあるまい。

編笠は恐らく、笠原監物か本田屋惣左衛門に峡竜蔵を斬るように頼まれ、どのような男かそっと窺ううちに、

「この男と立合ってみたい」

剣客の心が動いたのであろう。

言ってみれば趣味と実益を兼ねて竜蔵を追い回しているのであろうが、

――斬り合って命を落とす恐《こわ》さより、真剣勝負の快感が勝るとは、剣客なんてものは皆狂っている。

竜蔵は、闇《やみ》の彼方《かなた》に消え行く編笠の姿を目で追うと、自分もまたそんな狂った奴の同類なのだと、つくづく思われて苦笑いを禁じえなかった。

編笠の姿がすっかりと見えなくなった時――。

竜蔵はいつしか傍に人影があるのを知って、怪訝《けげん》な目をそれへ向けた。

「何だ、親分か……」

人影の正体は目明かし・網結の半次であった。

半次は、夜目にもにこやかに畏《かしこ》まったかと思うと、編笠の姿を追いかけて闇の向こうに、消えていった。

半次は翌日の昼下がりに峡道場に現れて、出入口に立ち、大きく何度も頷いた。

竜蔵はそれを合図に母屋へと入って、半次を部屋へ迎えいれた。

「どうやら親分には気付かれていたようだな」

竜蔵は頭を掻《か》きながら言った。

「まったく親分は大した男だな……」

どこで気付かれたのか知らねども、竜蔵にそっとまとわりつく編笠の存在を、半次がしっかりと把握していたことは竜蔵を大いに感心させた。

「いえ、たまたま外で一人の先生をお見かけして、声をかけようとしたら、あのおかしな侍を見かけましてね」

半次は照れ笑いを浮かべた。

「それで親分は気にかけてくれていたのかい」

「へい、本当はその日のうちに、侍の正体を摑《つか》んでやろうと思ったんですが……」

それは五日前。

竜蔵が、金杉橋北詰にある釣具店〝大浜〟にここを住処《すみか》とする浜の清兵衛を訪ねた時のことであった。

半次は金杉橋を北へ渡ろうとしている竜蔵を見かけたのだが、同時に竜蔵に熱い視線を送る編笠の武士のことが気になった。

竜蔵はというと、いつも通りの泰然自若たる様子で橋を渡っていったのだが、編笠の武士は同じく橋をゆっくりと渡り、少しの間橋の欄干にもたれて竜蔵の様子を窺った後に歩き出した。

半次は迷わず編笠の後を追った。

しかし、編笠は緩慢な動作でふらふらと将監橋《しょうげん》の袂《たもと》にあるそば屋へ入った後、再び出て来なかった。

半次の尾行に気付き、そば屋の裏手から出て人込みに紛れたようだ。

大したこともない武士だと思ったところ、見事に裏をかかれて、

「あっしもちょいと頭に来ましてね。先生がお一人でいる時はいつもそうっと……」

「おれの後をつけていたってわけかい。はッ、はッ、編笠のことには気付いたってえのに、親分のことがわからなかったとは不覚をとったぜ」

そして昨夜、竜蔵と件の編笠の遭遇を目にして、今度こそはと見事に後をつけたつもりであったが、編笠の武士は芝の切通しから青龍寺の外れにある僧房らしき離れ屋の前でいきなり振り返り、

「御苦労であったな」

と、なかなかに律々《りり》しい声を半次に投げかけたのだ。

「ほう……、親分のことに気付くとは敵もさるものだな」

おもしろい奴だと思ったが、竜蔵はますます興をそそられた。

「へい、まったく胆を冷やしましたが、あっちの方も、あれこれつきまとわれるのが嫌で、この際自分から名乗りをあげてやろうと思ったようで……」

「さんざっぱら人のことをつけ回しやがって、己はつきまとわれるのが嫌だとはふざけてやがる……」

「へい、まったくで……」

編笠の武士はその場で笠をとり、

「おぬしも手ぶらでは戻りにくかろう。この際名乗っておこう。拙者はこの寺の僧坊のひとつを借りている、猫田《ねこた》犬之助《けんのすけ》というものだ、数日の内に必ず見参致すゆえ。気が乗れば果し合いを受けてもらいたいと、峡殿に伝えてくれ」

猫田と名乗る武士はそう言うと、僧房へと入っていった。その風貌は少し顎《あご》がしゃくれた古武士然とした様子で、なかなか立派なものであったという。

「猫田犬之助……?」

「へい、ニャーニャーとワンワンで、猫田犬之助とか」

「ニャーニャーとワンワン?　からかいやがったんじゃねえのかい」

「いえ、念のために確かめましたが本当の名のようでございます」

「ほう……、そうか……」

「どうするって……。そう言っているなら、気が乗れば果し合いに応じるさ」

「先生……」

心配そうな表情を向ける半次に、

「親分、こればかりは仕方がないさ。今時果し合いなど流行《はや》らねえし、我が流儀に反すると言って断ればいいことなのだろう。だが、おれはこの太平の世の中にあっても、やはり一人の剣客として生きていたいのだ」

敵はそんな峡竜蔵の信念を熟知した上で、果し合いによる殺害を目論《もくろ》み、次々と剣客という名の刺客を送り込んでくるのであるが、これを恐れているわけにはいかないのだ。

「あっしは大した御方に剣術を学んでいるのでございますねえ……」

半次は竜蔵の覚悟に改めて感じ入りながら、

「こうなったらあっしにも目明かしの意地がある。笠原監物も本田屋惣左衛門も、必ず見つけ出してやりますよ……」

と、誓ってみせたのであった。

「そうだな。そのうち奴らの息の根を止めてやりゃあ、おれに果し合いを挑もうなんて馬鹿な奴らもいなくなるだろうよ。親分、よろしく頼んだよ」

竜蔵はいつもの片手拝みをして、にこやかに半次に頷いた。

「それにしても、猫田犬之助とはふざけた名前の奴もいたもんだな……」

「親は何も考えなかったのでしょうかねえ」

「親も親だが、その名を後生大事に使っている奴もおもしれえな」

「ヘッ、ヘッ、まったくで……」

「はッ、はッ、はッ……」

笑いとばしながらも竜蔵の四肢に強い力がみなぎってきた。

四

「師匠、本当にわたしと堀切へ行ってくれるんですかい」

平次郎が声を弾ませた。

「本当にって……。平次郎さん、連れていってくれるんでしょう？」

お才が少し睨《にら》むように見て応えた。

「そりゃあもう、わたしは願ってもありませんが……」

「そんなら連れていって下さいな。今頃は堀切の菖蒲も満開だっていうし、あたしはまだ一度も見たことがないし、何といっても平次郎さんと一緒なら楽しそうだ……」

「そうですか……。はッ、はッ、何やら夢のようですよ」

「夢のよう？」

「きっと断わられると思っていましたから」

平次郎は喜びながらも、少し戸惑いの表情を浮かべた。

「どうかしましたか？」

おオに問われて、

「いや、わたしなんかが師匠と一緒に花見などして、峡先生や眞木さんに叱《しか》られないかと気になりましてね」

平次郎は少しおどおどしながら言った。

「ふッ、ふッ、あの二人に義理立てしなきゃあならないことは何もありませんよ」

「ええ、まあ、そうかもしれませんが……」

「気になるならよしにしましょうか」

「いえ、是非にも一緒に行ってやって下さいまし」

峡竜蔵が猫田犬之助の挑戦を今かと待つ頃――。

おオの稽古場ではこんなやり取りがなされていた。

平次郎がかねてから望んだ堀切の菖蒲見物に、おオはなかなかにあっさりと同意をしたようであった。

やがて約束を取り付けて、喜び勇んで平次郎が稽古場を出ると、入れ違いに稽古場にやってきた弟子は佐山十郎であった。

「これは十《とお》さん、近頃は精が出ますねえ……」

おオは何やらほっとしたように、佐山に頰笑《ほほえ》みかけた。

おオは依然、この佐山十郎が時の大目付・佐原信濃守の御忍びであることも、昔、亡母・お園が恋をした自分の父親であることも知らない。

しかし、体内に流れる血がそうさせるのであろうか。佐山に会うとおオは何故か心休まるのである。

信濃守は、自分のことは十郎の十をとって、〝十《とお》さん〟と呼んでくれるようにとおオに頼んだ。以来、十さんと呼ばれると〝父さん〟と呼ばれているようで嬉しい。

「精が出るというよりも、できるだけ足を運ばぬと、師匠は平次郎贔屓ゆえに、忘れられては困ると思いましてな……」

佐山十郎は、おオの顔を覗き込むようにして言った。

「何を仰《おつしや》っているんです。あたしは十さん贔屓でございますよ」

明るく返すお才を見て、

「そいつはありがたいが……」

佐山は少しおどけてみせて、

「峡先生に叱られますよ」

当然のことだとばかりに言った。

長きに渡って何ひとつ父親として面倒を見てやれなかった娘に、野暮なことを言うつもりはないが、先ほどお才と平次郎の間で堀切の菖蒲見物の話がまとまったことを、佐山十郎はこっそりと盗み聞いていた。

お才の男の弟子達の中にあって、佐山十郎が、眞木という名で通っている眞壁清十郎と共に、

「師匠を堀切に誘うような抜け駆けをするなら、身共《みども》が邪魔をしに行ってやろう……」

などと声高に言っているのも、お才にそれとなく自分の想いが届くようにと願ってのことであった。

おオは、佐山十郎が峡竜蔵贔屓で、自分との仲がうまく進んでいくことを楽しみに

想ってくれていることはよくわかっている。

日頃は、それを嬉しく捉えていたのだが、今日はその話に乗らずに、

「ふッ、ふッ、竜さんはもう立派な剣術の先生ですからね、そんなことでいちいちあたしを叱るようなことはございませんよ……」

と、にこやかに佐山の言葉をかわして稽古に移ったのだ。

――お才はやはり峡竜蔵のことを気にかけている。

佐山は、大目付・佐原信濃守の眼力でそれを確信すると、その上はもう何も言わず、お才に言われるがまま浄瑠璃の稽古に励んだ。

十次郎と呼ばれた若き頃。

差し向かいで、盃をやったとったの挙句に、お園は三味線を手に、浄瑠璃の一節を教えてくれたものだ。

今、目の前で三味線を弾いているお才の姿がお園と重なり、あの日の昔が蘇《よみがえ》る……。

時の流れは人の定めと相俟《あいま》って、様々な変遷を強いて時に哀《かな》しみを与えるが、その間に育んでくれる情もある。

峡竜蔵がどれだけ立派な先生になろうとも、お前はその身を卑下することはないのだ。お前は佐原家五千石の当主の娘なのだ――。

佐山十郎はそんな言葉を呑《の》みこむと、目に薄《うっす》らと涙を浮かべて、渋い喉《のど》を鳴らした後に稽古場を出た。

この後は、峡竜蔵の軍師・竹中庄太夫が、お才の本心をうまく聞き出してくれることになっている。

――あんな生白い小間物屋が、お才に命がけで惚れるとも思えぬ。おれの娘をいいようにさせてなるものか。

そんな想いにやきもきもいらくらもする佐山十郎こと佐原信濃守であった。

しかし、役儀から離れてのちょっとした企みは、信濃守の心身に大いなる潤いを与えていたのは確かであり、それで主の心が安まるならば度重なる微行《びこう》も止《や》むをえまいと、眞壁清十郎も納得してこれに従っていた。

「殿……」

いつものように稽古場を出て常教寺の門前へと行くと、浪人姿で編笠を被った眞壁清十郎が町駕籠《まちかご》を用意して待っていた。

他に、同じく微行姿《しのびすがた》の侍が三人、思い思いの所にいて信濃守を密かに警護している。

白い帷子《かたびら》を着ながして、塗笠を手にしている信濃守は、どう見ても裕福で垢抜《あかぬ》けた浪人にしか見えなかった。

「清十郎、聞いたか」

駕籠へ寄ると、信濃守は小声で言った。

「堀切の菖蒲見物のことにございまするか」

「そうじゃ」

「明後日と……」

「うむ、そのようだな……」

清十郎もまた、お才の稽古場に平次郎が入るのを見届けてから、そっと裏手から近寄り、平次郎の誘いを受けたお才の様子を窺っていたのである。

「ちょっと脅してやるか」

「平次郎をですか」

「決まっておろう」

「おもしろそうではございますが……」

「小言は屋敷へ帰ってから聞こう。だが、やると言ったらやるぞ……」

信濃守は楽しそうな笑顔を清十郎に向けると駕籠に乗り込んだ。

駕籠は麻布《あざぶ》の善福寺まで、清十郎達に守られて行く。

そこで信濃守は佐山十郎の姿から、大目付・佐原信濃守へと戻り、供を揃《そろ》えて屋敷へ帰ることになる。

その日、信濃守は清十郎と中奥の自室でよからぬ企みに思わず時を忘れたのである。

さて、それから二日後のこと。

佐原信濃守の後を受けて、お才の稽古場を竹中庄太夫が訪ねた。

まだ早い朝であった。

庄太夫は握り飯を二つばかり炭火でこんがりと焼いて、これを竹の皮に包んで持参した。

「師匠と久しぶりに朝を一緒に食べようかと思って来たのだが、邪魔であったかな」

訪ねるや竹の皮を掲げて見せた庄太夫を見て、お才は大いに喜んで、

「何が邪魔なもんですか。庄さん、あたしが朝遅いのをよく知っているじゃありませんか。ああ、焼いたおにぎり、持ってきてくれたんですか。逃がしゃあしませんよ。ささ、入って下さいましよ」

抱きつかんばかりに出迎えて、稽古場の奥の一間に請じ入れた。

代書《だいしょ》の内職がない時。庄太夫は、時折握り飯を焼いてこれを竹の皮に包み手に提げ、朝から海辺に出かけたり、増上寺対岸の新堀川の岸辺に出かけたりして食しつつ朝餉《あさげ》

とすることがあった。

そうすることによって、何とも心が晴れ晴れとするからであるが、峡竜蔵と出会い弟子となり、お才と懇意になってからは、そんな時には余分に焼きおにぎりを作って、お才に届けてやることがあったのだ。

父親の名も顔も知らないお才は、世の親爺《おやじ》達に興味を抱くのであろうか蜻蛉《かとんぼ》のような貧弱な体の冴《さ》えない庄太夫を、身内のように大事にしてくれた。

それゆえに庄太夫も、女一人で暮らすお才を気遣って、ちょっとした大工仕事など、峡竜蔵がお才にやってやれないことなどは、父親のような優しさで手伝ってやったものである。

朝の焼きおにぎりも、竹中庄太夫とお才の交誼の一環なのである。

「ちょうどお米を炊こうかどうか迷っていたところだったんですよ。ほんに庄さんは好い時に訪ねてくれますねえ……」

佐山十郎という品格の好い弟子に会うと、何やらほっとして心を開くお才ではあるが、何の気遣いもなく、心から一緒にいて寛《くつろ》ぐことができるのはやはり師弟のしがらみのない竹中庄太夫なのである。

稽古場の奥の一間に入ったことのある男は、峡竜蔵の他には、竹中庄太夫と眞壁清十郎の三人しかいないことからもそれはわかる。

お才はてきぱきと茶を淹《い》れて、庄太夫の手製の焼きおにぎりに舌鼓を打った。

握り飯には好い加減に味噌《みそ》が塗ってあり、これが香ばしく焼けていて食欲を誘う。

大き目の焼きおにぎりを、

「あたしも拵えてみるんだけど、庄さんみたいにうまくできないんですよねえ……」

などと感心しながら、お才はぺろりと平らげたが、腹が膨れると気持ちも落ち着いたか、

「そろそろ庄さんが来てくれる頃だと思っていましたよ」

小さく笑って庄太夫をつくづくと見た。

「あれこれとくだらぬ噂《うわさ》が聞こえてくるものだから、とにかく師匠に会っておこうかと思ってね……」

「平次郎さんのことですか？」

「ああ、そういうことだ。気持ちはわかるが、師匠、ちょっとばかり子供騙《だま》しが過ぎるように思うが……」

真《ま》っ直《す》ぐに言われて、お才は少しはにかんで、

「子供騙しですかねえ」

ちょっと舌を出してみせた。

「先生の気持ちを確かめたくなったのかもしれぬが、その相手が平次郎では役者が小さ過ぎる」

「庄さんは平次郎さんのことを知っているんですか」

「言葉を交わしたことはないが、師匠との噂が出れば、放《ほう》ってはおけぬのでな、そうっと様子を窺ってみた」

「庄さんも物好きですね」

「それはもう、峡竜蔵の一番弟子というほどの男だからねえ」

「ふッ、ふッ、そうでしたねえ。それで、平次郎さんを見てどうでした」

「あれはいかぬ」

「どうしてです、声、顔、姿ともに好し、愛敬《あいきょう》もあって、平次郎さんを贔屓にする女は引きも切らないっていいますよ」

「師匠の好みではない」

「まあ、それは……」

「ただひとつ言えるのは、師匠にはあの男とだけは好い仲になってもらいたくはない……。そう思わせるには何よりの男かもしれぬ」

「庄さんも言いますねえ」

おオは悪戯っぽく笑った。

「それで、竜さんもそう思っているんですかねえ」

「それはもう、気が狂うほどに思っているだろう」

「そうですかねえ」

「ああ、わたしにはわかる」

「じゃあどうして、お才、あんな野郎とぐだぐだしてるんじゃねえや！　なんて竜さんは言ってこないんです」

お才はだんだんと感情を顕《あらわ》にし始めた。

「先生は気を遣っておられるのだよ。このところあのお方は命を狙われっ放しなのでな」

自分がお才に近付いて、前のようなとばっちりを与えるのが恐いのだと庄太夫は言った。

「それならいっそ二六時中あたしの傍にいて、守ってくれりゃあいいじゃあありませんか、笛作りの太一さんとか、中川の旦那とかに頼まなくったって……」

「師匠、わかっていたのか」

「当り前ですよ。見えすいたことをするんだから竜さんは……」

おオは怒りながら竜蔵の他人行儀を詰《なじ》ったが、すぐに神妙な表情となって、

「でもねえ庄さん、竜さんの気持ちはありがたいほどわかるんですよ。それでもあたしは……」

「わかっていますよ」

自分の気持ちを何と言い表したらよいのかわからずに煩悶《はんもん》するお才に、庄太夫は皺《しわ》だらけの笑顔を向けた。

竜蔵への胸に秘めた恋心と、剣術師範へと成長する竜蔵の足手まといにだけはなりたくないという想いと、兄妹分としての絆《きずな》を大事にしたい想い……。それらが入り交って、竜蔵が命を狙われてよりこの方、お才はじっとしてはいられないのであろう。

それをただ一言で気が晴れるようにしてやるのが、庄太夫の役目であった。

「さも分別がついたように師範面をしている峡竜蔵をちょっとばかりからかいたくなってきた……。そういうことだな」

「庄さん……」

「そういうことだ、そういうことだ……。今日のところは堀切へ菖蒲を見に行って、先生をやきもきさせてやるがよろしい」

た。


「それでいいんですかねえ」

お才は目を潤ませて上目遣いで庄太夫を見た。

「ああよい。あれで先生も、やきもきさせられることがどこか楽しいのだよ……」

庄太夫はお才の肩を優しく叩くと、堀切行きのことなどあれこれ訊《たず》ねてやがて別れた。

網結の半次から聞かされて、今も峡竜蔵に果し合いを申し入れんとする剣客がいることを知った庄太夫であるが、さすがにそのことは言わずにおいた。

竜蔵から、猫田犬之助の一件は眞壁清十郎にも言わぬようにと戒められていることでもあった。

そして、お才の気持ちを確かめてもらいたいと眞壁清十郎に頼まれたものの、こちらは竜殿には内聞に願いたいとのこと。

まったく庄太夫も忙《せわ》しく方々の間に立って気を遣うことである。

「いかがでござったかな」

常教寺の前まで行くと、編笠姿の眞壁清十郎が庄太夫を待ち構えていた。

「某の思うていた通りでござりまする……」

このところお才が、小間物屋の平次郎になびくのではないかと噂されたのは、ちょっとばかり峡竜蔵をからかって、気を揉ましてやりたい女心ゆえのことであると庄太夫は断じた。

「なるほど……」

清十郎はにこやかに頷いた。それでこそ、主君・佐原信濃守が望んでいた答である し、清十郎にとっても満足のいくものであった。

「選ぶ相手を間違えたのではないかと言ってやりましたよ」

庄太夫も頰笑んだ。

さすがのお才も、色男の平次郎には心が動いたのではないかと世間は思っても、自分の目はごまかせないと庄太夫は胸を張った。

「うむ、そうでござろうな……」

「師匠は、平次郎と芝口で落ち合い、船を仕立て堀切へ参るようでござる。そろそろ家を出る頃かと……」

「畏まった」

「平次郎をからかってやるおつもりで？」

「主命でござってな……」

清十郎は苦笑して門前の茶屋にいてゆったりと煙管《きせる》を使う、佐山十郎姿の信濃守を見た。

「平次郎にとっては迷惑な話でござるな……」

庄太夫は、こちらを見て片手を上げた信濃守に恭々《うやうや》しく一礼をして道場へと向かった。

――先生も、そろそろこの庄太夫が動き出すであろうことを望んでおられたのに違いない。

頼りにされている自分を誇らしく思いつつ、庄太夫は信濃守と清十郎の悪戯の成果を期待した。明日になれば平次郎がお才に近づくこともあるまい。

その時点で、兄妹分であり続けることが年々難しくなってきている峡竜蔵とお才の間に入って、新たな二人の繫がりを自分の手で見つけてみせよう――。

そんなことを考えながら道場に戻ると、竜蔵の姿はなかった。

先頃、近くの長屋にお才を守るために越してきた中川裕一郎が来ていて、神森新吾、津川壮介、北原平馬を相手に稽古をつけていた。

「先生はどうなされたのかな……」

庄太夫は何やら胸騒ぎを覚えて新吾に問うた。新吾には報せていないが、竜蔵は近いうちに見参すると、猫田犬之助からの挑戦を受けているゆえ気になったのである。

「先生はたった今、お出かけになられました」

「どこへ行くとも申されなんだか」

「はい、ちょっと出かけてくるとだけ……」

「何か変わったことはなかったか」

「変わったこと……。そういえば青龍寺の寺男が文を届けに来ました」

「青龍寺の寺男が文を……。それで先生は出かけられたのだな」

「はい……。どうか致しましたか」

「左様か……。先生は果し合いに参られたのだ……」

「果し合い！」

新吾の声に、道場はたちまち静まりかえった。

五

その頃、峡竜蔵は道場からほど近い、新堀川の岸辺に広がる木立の中にいた。

少し向こうには竹藪《たけやぶ》が広がっている。

以前、笛作りの太一こと杉山又一郎の助太刀をして、太一を狙う追手をここで待ち受けたことがあった。

猫田犬之助もここなら人目につかぬであろうと、果し合いの場に選んだようだ。

朝から夏の強い日射《ひざ》しが照りつけていたが、鬱蒼《うっそう》と木々が繁る木立の中はなお薄暗く、冷やりとしていた。

やがて竹藪の方から一人の武士がのそのそとやってきた。網結の半次が夜目に見たという、少し顎がしゃくれた古武士然とした顔付きである。

「猫田犬之助殿か……」

竜蔵に問われて、犬之助は一瞬ぽかんとした顔をしたが、

「ああ、そうであった。ずっと編笠を被っていたゆえ、はっきりと顔を見てはおらなんだのだな」

竜蔵の問いかけの意味を解して口許を綻《ほころ》ばせた。

「いやいや、峡竜蔵殿、よくぞ参られた。気が乗らぬと言われた時はどうしようかと思うたが……」

「助太刀もおらぬようだし、果し合いの場も近くなかなか気が利いている。それに、いついかなる時も、真剣勝負ができるようにありたいと、日頃から心がけているのでな」

「なるほど、そう言われると恥じ入るばかりでござるな」

猫田犬之助は軽く頭を下げてみせた。

「少し訊《き》いてよいか」

「何なりと。だが、誰に頼まれたかだけは申せぬ」

「ならばそれは訊くまい。いくらで頼まれた」

「前金で二十五両、斬った後は五十両……」

「ほう……、おれの値も少しは上がったようだ。で、おれが果し合いを受けねばどうした。暗殺剣をもって命を狙ったか」

「あるいは……。だが、それではおもしろくはない。おぬしの様子を窺うに、正々堂々と立合ってみとうなった」

「そのようなおかしな者が多くて困る。まあ、同じ斬り合うなら、こっちも果し合いの方が好いが……」

「そうして晴れてこの場を迎えられた。ありがたい……。まだ何か訊きたいことが？」

「ある。果し合いの相手のことを知らぬでは、尋常な勝負とは言えぬ」

「なるほど、それは確かに……」

犬之助は威儀を正した。

「某は猫田犬之助、無眼《むがん》流を修め申した。かつてはある大名家で禄《ろく》を食《は》んでいたこともござったが、御家《おいえ》の名はお許し下されい」

「犬之助という名は御父上がつけられたか」

「いかにも、猫田とはいかにも弱そうな名であるが、先祖伝来の名ゆえに捨てるわけにも参らぬ。お前は猫よりも強い男になってもらいたいと犬之助にしたと父は申したが、ふざけている」

「せめて狼之助《おおかみのすけ》だな」

「おぬしは竜蔵……。好い名だ」

「今までに名をからかわれたことは？」

「何度かある。それで二人斬った。これが浪人となった理由だ」

「それでも犬之助を名乗るおぬしは好い男だと思う」

「嬉しいことを言ってくれる」

「訊きたいことはそれだけだ。どうでもいいことにこだわってしまうのがおれの悪い癖でな。いざ……」

「いざ……」

犬之助の顔が大いに綻んだ。

二人は互いのおもしろ味を認め合い、ふっと笑って袴《はかま》の股立《ももだ》ちをとり、襷《たすき》を十字にあやなした。

――こ奴も松野久蔵、堂城鉄太郎と同じだ。ふとしたことで人を斬り、やり直しがきかぬまま、真剣勝負の世界に落ち込んだのか。

そして必ず金が彼らの身にのしかかり、己が命を切り売りするしか道がなくなるのだ。

竜蔵は自分が彼らと同じ運命を辿《たど》らずにこれたことを感謝しつつ、彼らと斬り合わねばならぬ身の上を嘆いた。

いつしか峡竜蔵と猫田犬之助は、対峙《たいじ》して刀を抜き合っていた。

互いに青眼に構えたまま、二人は身じろぎもせぬまましばし、初めの一刀をいかに繰り出すか、手の内を探り合う。

――どこまでもとぼけた男だ。

猫田犬之助の剣は実に瓢々《ひょうひょう》として捉えどころがない。

ぐっと一足進めてみれば、すっと一足引く。脇構えに太刀を移せば、つつッと下段に太刀を移して前へ出る。

まったくもってその動きには無駄がないのである。

しかも、その駆け引きを心の底から楽しんでいるように見える。

──誘いにはのらぬぞ。

若い日の竜蔵ならば業を煮やし、まず打ち込んで相手の出方を見ようとしたかもしれぬが、竜蔵はすでに立合の中に、手を抜くことを覚えていた。やがて右手でだらりと太刀を提げてみせにこりと笑った。

犬之助の顔にも笑みが浮かんだ。

──おぬしのような楽しい剣を遣う男は初めてだ。

その笑顔はそう言っている。

「うむ！」

犬之助は、横に大きな牽制《けんせい》の一刀をくれた。

竜蔵はさすがにぱッと飛び下がり、二人は大きく間合を切った。そしてそこから申し合せたかのように、互いにゆっくりと青眼に構えたまま間合を詰めたかと思うと、

「えいッ！」

「やあッ！」

と、裂帛《れっぱく》の気合もろともに、一合二合と一転して激しく斬り結び、五度刀の火花を散らしたかと思うと、再び互いにさっと飛びのいた。

その時であった──。

「見事だ……」

犬之助は嘆息すると刀を納めた。

「この先は心配無用、もうつきまとわぬ……」

「何と……。猫田殿、またも逃げるのか」

竜蔵は呆《あき》れ顔で言った。

「逃げる。命あっての物種だからな。後金の五十両は諦《あきら》めて江戸を出る……。ならぬかな」

猫田犬之助は晴れ晴れとした表情で言った。

「どうせこちらが望んだ果し合いでもなし。それは構わぬが……」

「忝《かたじけな》い。いやいや、こんな凄《すさ》じい真剣での立合は生まれて初めてでござるよ」

あまりの屈託のなさに呆気《あっけ》にとられながら、竜蔵は刀を納めて、

「この峡竜蔵も、好い立合をさせてもらったが、これでよいのかな……」

何故《なぜ》か自分の命を狙った男を気遣った。

「ようござるよ。誰が損をするわけでもない。某が斬られて二十五両が無駄になるか、某が生きてこの二十五両も生きるか――いずれかのことでござる。どうせ某に峡竜蔵を斬ってもらいたいと頼んだ者はろくでもない奴なのでござろう。そんな奴に某の命

を渡すことはない。これは些少《さしょう》でござるが某の気持ちでござる、お収め下され」

犬之助の饒舌《じょうぜつ》は止《とど》まることを知らず、懐紙に五両を包むと、これをその場に置いた。

「いいよ、そんなことをしなくっても……」

「いやいや、二十五両の金はおぬしあってこそのもの。もっと渡さねばならぬところだが、某も旅に出るゆえ手許不如意《てもとふにょい》ではどうしようものうてな」

「ふッ、ふッ、ふッ……。おれの命を狙う者はおかしな者ばかりだ……」

竜蔵はつくづくとおかしみが込み上げてきて笑ってしまった。

「この前などは、この二十五両を別れた息子に渡してやってくれと頼まれたもんだ。はッ、はッ、はッ……」

「おかしな者か……。ふッ、ふッ、おかしな者でないと、おぬしほどの男の命を狙おうなどとは思わぬよ……」

犬之助はつられて笑ったが、ふと真顔になって、

「すぐに戻られた方が好い、某にこ度《たび》のことを頼んだ者のことは言えぬが、連中はおぬしをここに引き寄せておいて、その間に誰かをおびき寄せ、これを襲う……。そのような計略を立てているやもしれぬぞ」

「何だと……何故そう思うのだ」

「某は初め、十人ばかり手下をつけるゆえに、二、三人を斬ってもらいたいと頼まれたのだが、どうも手下十人というのが面倒そうなので断ったところ、ならばおぬしを斬ってくれと言われたのだ。討ち果せずともよいゆえ、おぬしを引きつけておけばよいとな……」

「それは真《まこと》か……」

「真実じゃ。心当りはあるのか」

「心当り……」

「おぬしを引き寄せておいてその間に命を狙おうという相手じゃよ」

「おれを引き寄せておいて、その間に命を狙う……」

竜蔵の脳裏に閃《ひらめ》くものがあった。

「心当りは、ある……！」

竜蔵は言うや一目散に駆け出した。

「ああ、これ、五両の金を……」

犬之助は件の五両の金包を手に呼んだが、竜蔵は振り返りもせぬ。

「あの男ともう一度立合いたい……。いや、一杯やりたい……」

うっとりとして犬之助が呟《つぶや》いた時には、竜蔵の姿はもう木立の外へと消えていた。

六

「殿、やはりここは引き返された方がよろしいのではござりませぬか……」

清十郎が諫《いさ》めるように言った。

「馬鹿、殿などと呼ぶ奴があるか」

それを信濃守が叱りつけた。

「では何とお呼び致せばよろしゅうござりまするか」

「その堅苦しいもの言いもやめろ」

「はい……」

「今のところはそうさなあ、お頭とでも言えばいい」

「お頭……、でござりまするか」

「だいたいお前はわかっているのか。今日の仕儀を」

「はい。わたくしと殿……いえ、お頭とで覆面をして、声を変えて、お才様が平次郎といるところへ出て脅しをかけるのでござりまするな」

「そうだ。そこでおれが、女に用があるゆえお前は行け……。そう言うと平次郎は腰を抜かさんばかりにして、お才を放って逃げ出すだろう。そこでお前の台詞《せりふ》だ」

「驚かせてすまなんだな。あ奴は日頃調子よく女に言い寄る男だ。その振舞が気に入らぬゆえに、ちと奴の性根がどのようなものか試してやったのだ。ふッ、ふッ、思うた通り、女を放って逃げ出すような男であったわ。そなたにあのような男は似合わぬ。今日のところは早々に立ち去るがよい……」

「そうだ、しっかり覚えているではないか」

「もし、平次郎が命がけでお才様を守ろうとすればどうなさるおつもりにござります る」

「その時は……、逃げるまで脅すしかない」

「御無体なことを……」

「御無体大いに結構だ。お前はお才があんな野郎とわりない仲になってもいいと言うのか」

「それはなりませぬ」

「そうだろう。峡竜蔵も何かと忙しいんだ。ここは父親であるおれの出番なんだ。それを引き返せばいいのでは、などとよく言えたものだな」

佐原信濃守と眞壁清十郎は微行にて、堀切の菖蒲園にいる。ここは向嶋《むこうじま》の北方、隅田川に合流する綾瀬川を少し南へ入った処にある。

菖蒲の名所として知られ、江戸に住む者にとっては夏の遊楽地のひとつとなっていた。

主従がその一隅にいて、大樹の陰に身を潜ませながら咲き誇る菖蒲をそっと眺めているのは、件の会話からわかるように、お才が平次郎と二人で花見をするのを邪魔するためであった。

そしてまた、そっとお才をつけることで、お才の警護にもなると思ってのことなのだが、それを信濃守自身がすることではなかった。

しかし、不憫に想うお才への親心に加え、十次郎の昔に戻って、こういう悪戯を企むことが、信濃守には何とも楽しいし、朴念仁《ぼくねんじん》の清十郎に任せておけることではなかった。

とはいえ、こんな悪ふざけともいえることをおおっぴらに出来るほど、佐原信濃守も無恥ではない。今日の堀切への外出は、腹心の眞壁清十郎との秘密裏の行動なのである。

それゆえに、清十郎としては、やはり信濃守には、供が数名待機しているここからは少し離れた長命寺に引き返して頂き、改めて清十郎がお才のことをそっと見守っていれば好いのではないかと思ったのである。

お才を見守ることも大事であるが、主君の警護もおろそかにはできない。

だが、今の信濃守が清十郎の言うことに耳を傾けるはずもなかった。

「おい清十郎、来やがったぞ……」

木陰から菖蒲畑の小径《こみち》を並んで歩いてくるお才と平次郎の二人連れがあった。

「見ろ清十郎、お才はつまらなそうな顔をしている……」

信濃守は相好《そうごう》を崩した。

確かにお才は今、平次郎と並んで菖蒲の花を眺めながらも、二人でここへ来たことを後悔していた。

どこでもよかったのである。

平次郎と二人で外出《そとで》をした——その事実さえ作ればよかった。それを峡竜蔵にぶつけてみて、そのはね返りを体に感じて、ほんの少し幸せな気分に浸りたかっただけのことであったのだ。

堀切の菖蒲を不思議と見たことがなかったので、この機会に見てみようかと思ったが、ここに来るなら隣には峡竜蔵がいて、前には元気な神森新吾が歩いていて、すぐ後にいる竹中庄太夫が菖蒲についての蘊蓄《うんちく》を語ってくれる——それでこその菖蒲見物であったものを。

平次郎がしてくれる話は確かにおもしろい。喋り口調は穏やかで、流行唄《はやりうた》のことも詳しく、芝居にも精通していて、食べる物の蘊蓄にも溢《あふ》れている。

だが、そんなことはどうでも好い。大事なのは男から伝わりくる熱情なのだ。一事に命をかける者のみが放つ輝きなのだ。

それを想うと平次郎の話の何と奥行のないことか——。

お才は己を恥じた。下らぬことで峡竜蔵の心に波風を立ててみようとした女の浅はかさと、そんなことに平次郎を付き合せたことの身勝手さを。

そう思うと一刻も早く三田へ帰り、竹中庄太夫にあれこれ思いの丈をぶつけてみたくなった。そして、揺れ動く心がお才の顔をつまらなそうにしている悪循環に、お才自身気付かずにいたのだ。

「師匠、早く帰りたい……。そんな様子ですねえ……」

平次郎に言われてお才ははっとして、

「ああ、いえ、そんなことはないのだけれど、久しぶりの遠出でちょっと疲れてしまったようで……」

何とかその場を取り繕ったが、

「はッ、はッ、今きたばかりだってえのに、師匠はお姫さまでございますねえ」

相変わらず平次郎は如才なく笑みを湛《たた》えて、

「そんなことならもう、すぐに帰りましょう、と言いたいところだが、どうしても師匠に見てもらいたいところがありましてね。そこへ案内致しますから、そのあとはもう帰るとしましょう」

そう言って、菖蒲畑の向こうへお才を誘った。

さすがにお才も申し訳なく思って、快くこれに頷くと平次郎の後をついて歩いた。

木陰にいる信濃守と清十郎もこれに反応して、そっと歩き出した。

「おい清十郎、奴は人気の無いところへお才を連れていきやがるぞ」

「左様にござりまするな……」

「脈がねえと思って、無理に想いをとげようなんて考えてやがるんじゃねえのか」

信濃守の物言いは次第に伝法《でんぽう》になっていく。

確かに、平次郎はお才を菖蒲畑の外へと連れて行くように見える。

「あの雑木林の向こうに、処の人でないと知らない好い花畑があるんですよ……」

平次郎はお才にそう説明しているようだが、どうも怪しいものである。

「ふッ、だがこっちにとっても悪戯を仕掛けるにはおあつらえ向きになってきやがったぞ。清十郎、ぬかるんじゃあねえぞ」

「畏まってござりまする」

「堅いんだよう。おれは誰だ」

「お頭で……」

「それでよし。覆面の用意をしろよ……」

平次郎とお才は隅田村の南に広がる雑木林へと踏み入った。

平次郎を気遣ってついて行ったものの、人気がなく寒々とした林の中の様子にお才は逡巡《しゅんじゅん》したが、

「すみませんね師匠、もう少しでございますから、御辛抱願います……」

平次郎のにこやかな様子は相変わらずで、前へ前へと歩いていく。

少し歩いたところで――。

「待て！」

と、荒くれた声が二人を呼び止めた。

振り返ると、背後から駆けてきた覆面の武士が二人、平次郎とお才の間に割って入り、僅《わず》かに覗く鋭い眼で平次郎の方を睨みつけて、

「この女に用がある。お前は行け……」

曇った恐ろしい声を放ったのは佐原信濃守である。

お才は目を丸くしたが、かつてはぐれて盛り場をうろつき、峡竜蔵の妹分として鉄火場を潜ったこともある。臆《おく》せずうろたえず、

「あたしにいったい何の用です……」

と、応えた。

――さすがはおれの娘だ。肝が据っている。

信濃守は心の内でほくそ笑み、

「お前は行け！」

と、もう一度平次郎に凄んでみせた。

「へ、へい……」

すっかりと震えあがっている平次郎は、たちまち、その場から逃げ出した。

覆面の信濃守は満足そうに、平次郎を見送ると、清十郎に目で合図をした。

この後は誠実さが滲《にじ》み出る眞壁清十郎が、不誠実な平次郎を罵《ののし》る番なのであるが、

「驚かせてすまなんだな……」

と、一言発した時――薄ら笑いを浮かべた平次郎が戻ってきて、

「本当にここへ悪戯をしにやってきたんですねえ、嬉しいですよ、旦那方……」

と、言い放った。小間物屋らしい優しげな物言いから一転、どすの利いた声であっ

た。

するると、雑木林の至るところから、屈強の浪人者がうじゃうじゃと出てきた。

「そうか……、そうであったか……。おれとしたことが……」

信濃守と清十郎は、ここへきて平次郎が何者かの回し者で、お才をだしに引きつけて、その場で自分を殺してしまおうという企みを密かに進めていたことを察した。

何者かが信濃守に恨みを持つ高家・大原備後守であることは容易にしれたが、きっとこ奴らは物盗りか何かの仕業に見せかけるつもりなのであろう。

「とにかく覆面を取ったらどうですよう」

ずばりと言われて、

「まったくお前を見くびっていた……。いや、お前達の親玉がここまで手のこんだことを仕掛けてくるとは夢にも思わなんだ」

信濃守は清十郎と共に覆面を外した。

「十さんに……、清さん……」

お才は何が何やらわからずに唖然《あぜん》とした。

「師匠、すまなかったな。そなたがあの得体の知れぬ男と好い仲になるのを見てはおられなんだのだ」

信濃守はほぞを嚙んだ。

「あたしが堀切に行くようなことがあれば邪魔してやるって、十さんは仰っていたけど、本当にこんなことを……」

おオは何故その佐山十郎がここまでの武士に囲まれるのか理解できず、頭を混乱させた。

「そうしてまんまと、ここへおびき寄せられたわけだ」

「でも、どうして十さんをここまでして殺そうなんて……」

「それはこの佐山十郎が、実は大目付を務める佐原信濃守であることを知られたからだ……」

信濃守はついにおオにその身を明かした。

「十さんが……、大目付様……」

おオは驚きの目を清十郎に向けた。

「黙っていてすまなんだ……」

清十郎は生真面目に頭を下げた。

「師匠の噂を聞くうちに、我もまた師匠に会いとうなったのだ」

「大目付様が……?」

叫ぶように言ったお才の口を封じるように、

「大目付、佐原信濃守？　そんなものは聞かなかったことにしておこう。我らが斬る相手は、この小間物屋平次郎を襲った覆面の浪人二人、ただそれだけだ！　殺《や》れい！」

出自はしれぬが平次郎は武士であったようだ。その峻烈《しゅんれつ》な掛け声によって、一斉に十人ばかりの武士達が抜刀して信濃守、清十郎、お才を囲んだ。

信濃守とて若き頃は勇名を馳《は》せた新陰流の遣い手。清十郎とてその剣技は峡竜蔵も一目置くほどの腕前を誇る。

だが敵も屈強の武士が十人、これに平次郎が大刀を武士の一人から受け取り抜刀した。

八双《はっそう》に構えた様子は、生白い奴と思いきやなかなかの物腰である。これで相手は十一人――お才を守り、そして囲まれての戦いとなるとまったく分が悪い。

「死ね！」

防御を考えさせる間もなく、暗殺者どもが打ちこんできた。

信濃守、清十郎主従はこれを払い、身を寄せあってお才を守った。

「お才！　おれから離れるな！」

今生の別れになるやもしれぬという想いが知らず知らずのうちに、信濃守の胸を熱くして、娘を呼ぶような口調にしていた。

おオは、そんな信濃守の想いを咀嚼《そしゃく》する余裕もなく、信濃守の背に隠れた。

「死ね！」

さらに暗殺剣が繰り出される。

清十郎は我が身を楯《たて》にして、主君とおオを守り縦横無尽の活躍をするが、次々に繰り出される相手の剣を打ち払うのに手をとられ、刺客をなかなか斬り倒せぬうちに、体中に手傷を負った。

「清十郎！　おれに構うな！」

信濃守はこれを助け、やっと一人の肩を斬り下げたが後が続かぬ。

「おれが憎けりゃあ、いっそこの佐原信濃守の命を狙いに来やがれってんだ……」

などと大原備後守を罵っていた自分に、信濃守は苛立《いらだ》っていた。敵は峡竜蔵を狙いつつ、気をそちらにそらせ、密かに微行で常磐津の稽古に通っている自分のことを調べあげ、その時を狙っていたのであろう。

娘に会える幸せが、信濃守ほどの切れ者に慢心と油断を与えたのである。

だが、そういう人情味のある佐原信濃守であるからこそ命をかけて仕えることが出来ると眞壁清十郎は思っている。

「えいッ！」

かかりくる一人を清十郎は袈裟《けさ》に斬り捨てた。その時、彼は返り血と自らの傷で血まみれで阿修羅と化していた。

すると相手はその隙《すき》に信濃守に襲いかかる。

「殿！」

清十郎が絶叫した時であった――。

暗殺者達の一角が崩れた。

「やるかこの野郎！」

一人の武士が叫んだ途端、二人の刺客が血煙をあげて倒れたのである。

「峡竜蔵見参！」

その声にお才は歓喜の涙を流し、信濃守と清十郎は勇気百倍――。そして敵は動揺した。

しかも、駆けつけたのは竜蔵一人ではなかった。中川裕一郎に加えて、竹中庄太夫、神森新吾、網結の半次、津川壮介、北原平馬――。峡道場が総出で助太刀に到着したのである。

猫田犬之助との不思議な果し合いの後、犬之助から聞き捨てならぬ敵の計略を報された竜蔵であったが、急ぎ道場へ戻ってみれば、庄太夫からお才と平次郎の菖蒲見物を、信濃守と清十郎が邪魔をしに出かけた由を報された。

それこそ敵の計略に違いない——竜蔵は道場の連中を引き連れ、芝の香具師の元締・浜の清兵衛が営む釣具店〝大浜〟へ走った。ここには釣船が数艘舫《そうもや》ってあり、漁師あがりの腕の好い船頭がいる。

すぐに清兵衛は船頭と共に船を出してくれて、竜蔵達は急ぎ隅田川から寺島村の渡し場で降り、堀切目指して走ったのである。

しっかりと剣を遣えるのは竜蔵の他に、中川裕一郎と神森新吾だけであるが、この峡道場から駆けつけた七人の登場は、敵の戦意を喪失させるに充分であった。

たちまち竜蔵が三人、裕一郎が二人、新吾が一人刺客を斬り倒せば、もはやこれまでと、後の者は逃げた。

平次郎も同様であったが、こ奴の足に綱結の半次の手練の投縄が絡みついた。

どっと体勢を崩した平次郎の足を信濃守の一刀が払った。

「おのれ……。何故峡竜蔵がこれに……」

平次郎は唸《うな》った。

「果し合いに勝ってから、お前を怪しいとふと思ったんだよ。あの野郎はおれの大事なものに害を成すんじゃねえか……。虫の知らせってやつだ」

竜蔵は、猫田犬之助が今度の計略についての手がかりを喋ったことには触れずに、そう平次郎に言い放った。

「お前、佐原様のことをよくもここへ誘い出したな……」

「ふッ、ふッ、おれは何でも知っているんだ……。佐山十郎は佐原信濃守の世を忍ぶ仮の姿。ふッ、ふッ、師匠、お前は知らぬだろうがな。その佐原信濃守はお前の……」

自棄《やけ》になって何もかもぶちまけようとした平次郎の体を、白刃が貫き通した。

平次郎はその場で息絶えた。

刺したのは清十郎であった。

「清さん……」

目を丸くする竜蔵の横で信濃守が渋い表情を作った。

信濃守暗殺の何かを知るはずの平次郎を、有無を言わさず殺してしまった清十郎の真意をはかりかねる竜蔵達に、

「こ奴だけは許せぬ……」

清十郎は静かに言って、深々と頭を下げた。

お才にはまだ信濃守との間柄を知られてはなるまいという清十郎の忠義が、平次郎

への憎しみと相俟って、彼に似合わぬ非情な行動をとらせたことを解するのは佐原信濃守ただ一人――。

「はッ、はッ、いささか酔狂が過ぎたようじゃ。先生、各々方《おのおの》、忝うござった。我ら主従、今はゆるりと礼を致す余力もない。この埋合せは後日必ず……」

信濃守は寵臣《ちょうしん》・眞壁清十郎を庇《かば》うようにして竜蔵達に謝すると、

「師匠、余は峡竜蔵贔屓でな。それが高じてそなたとも親しゅうなりたかったのだが、かえって迷惑をかけたな。不心得者達は必ずこの手で成敗致すゆえに辛抱をしてくれ……」

満面の笑みをお才に向けて、やがて歩き出した。

「お殿様……」

何と返事をすれば好いかわからずにたじろぐお才の肩を、竜蔵の節くれだった両手が優しく押さえた。

とろけそうな安堵《あんど》がお才の身を包んだ。

竜蔵とて、佐原信濃守がお才に微行で浄瑠璃を習うのは、自分への贔屓が高じてのことだけでないことはわかるし、気にもなる。

――もしやお殿様はお才と深い因縁があるのでは。

そんな想いさえ頭をよぎる。だが、今はまず事無きを得たことを祝うのが先だ。

竜蔵は満身創痍《まんしんそうい》ながらも気丈に信濃守に傅《かしず》く清十郎を気遣い、中川裕一郎に同行を頼み、これに津川壮介と北原平馬をつけた。

若き二人の剣士は竜蔵に戒められて、庄太夫、半次と共にお才を守り、斬り合いに参加はできなかったものの、この場に居合せたことの誇らしさに勇み立ち、颯爽《さっそう》として、死屍累々《ししるいるい》たる争闘の場を通り抜けて裕一郎に従った。

それを頼もしそうに見送りながら、

「お才、あの二人も好い奴らだ。新吾共々、よろしく頼むぜ」

竜蔵はお才に語りかけた。峡道場はお才あってのものだと言わんばかりに――。

「あい……」

やはりこの兄《あに》さんは、自分が一番喜ぶ言葉を知っている――。

そう思うと涙が流れてきたが、それを許さないのがこの兄さんでもある。

「ああ、それにしても、お前も色男におだてられて好い気になる、いやらしい年増女になりやがったなあ」

竜蔵はお才の肩から手を放すと、ニヤリと笑ってお才をからかった。

「何を言っているんだい。妹分にも浮いた噂のひとつやふたつあるってことさ」

ふんと笑ってお才は言い返した。

すると、神森新吾が菖蒲畑の方へ歩みを進めながら、

「せっかくですから菖蒲を見ませんか」

と、元気な声をあげた。

「おお、そうするか！　お才、行くぞ」

竜蔵は有無を言わさず、お才を連れて歩き出した。

「このままにしといていいのかい？」

「いいんだよ。親分がいいようにしてくれるさ」

気がつくと網結の半次の姿は消えていた。

「ろくでもない剣術師範なのに、どうしてこう好い弟子ばかりがつくんだろうねえ」

お才は憎まれ口を叩くと足取りも軽く歩き出した。

すると、後をついてくる竹中庄太夫が、

「そもそもこの堀切の菖蒲というものは、昔《いにしえ》に堀切村の地頭・久保寺某が陸奥《みちのく》より花菖蒲を取り寄せて育てたことに始まると申しますな……」

と、いつもの蘊蓄を語り始めた。

佐原信濃守のことといい、気になることは山ほどある。

だが、そんなことはどうでもいい。

女のお才には今この一時が何よりも大事なのだ。この、自分だけに与えられた素晴らしい一時が——。

その感慨に、思わず立ち止まるお才の肩を、竜蔵は再び両の手で押さえ、

「お才、行くぞ……」

と、花の小径へ誘《いざな》った。

本書は、ハルキ文庫（時代小説文庫）の書き下ろしです。

時代小説文庫
お13-7

暗《あん》殺《さつ》剣《けん》 剣客太平記《けんかくたいへいき》

著者 岡《おか》本《もと》さとる

2013年6月18日第一刷発行

発行者 角川春樹

発行所 株式会社 角川春樹事務所
〒102-0074 東京都千代田区九段南2-1-30 イタリア文化会館

電話 03(3263)5247［編集］ 03(3263)5881［営業］

印刷・製本 中央精版印刷株式会社

フォーマット・デザイン&シンボルマーク 芦澤泰偉

ISBN978-4-7584-3740-0 C0193

http://www.kadokawaharuki.co.jp/［営業］
fanmail@kadokawaharuki.co.jp［編集］ ご意見・ご感想をお寄せください。

岡本さとるの本

剣客太平記

剛剣で無敵を誇りながらも、破天荒であった亡き父の剣才を受け継ぐ峡竜蔵は、三田で直心影流の道場を構えていた。殺された兄の敵を討ちたいという男の切なる願いに、竜蔵は剣術指南を引き受けるが——。書き下ろし時代長篇、シリーズ第一弾。

夜鳴き蟬 剣客太平記

蟬の鳴き声が響く夜。峡竜蔵は、武士と浪人風の男の凄まじい斬り合いに遭遇する。数日後、密命を帯びて出かける大目付・佐原信濃守康秀の側用人・眞壁清十郎の後をつけた竜蔵は、そこで先の凄腕の浪人と遭遇し……。シリーズ第二弾。

時代小説文庫

岡本さとるの本

いもうと 剣客太平記

弟子やお才たちと名残の桜を楽しんでいた帰り道、竜蔵は以前窮地を救った女易者のお辰に偶然再会する。ある日、お辰は自分が竜蔵の亡き父・虎蔵の娘であると告白するのだった。周囲が動揺するなか、お辰に危機が——。シリーズ第三弾。

恋わずらい 剣客太平記

川津屋と伊勢屋の娘二人が破落戸《ごろつき》に絡まれていた。そこを偶然通りがかった竜蔵の二番弟子・神森新吾に助けられた娘たちは、揃って一目惚れしてしまう。そんな中、川津屋に迫りつつある危機を知った新吾は、竜蔵と共に奔走する。シリーズ第四弾。

時代小説文庫

岡本さとるの本

喧嘩名人 剣客太平記

喧嘩の仲裁を頼まれ、誰も傷つけることなく間を取り持った竜蔵。その雄姿に感服した若者・万吉が見世物小屋の親方を通じて、竜蔵に相談を持ち込んできた。喧嘩強者と思われてきた万吉が抱える秘密とは――。竜蔵が真の男の強さを問う！　シリーズ第五弾。

返り討ち 剣客太平記

香具師《やし》の元締・清兵衛は竜蔵の命が狙われているとの噂を聞く。不安を隠せない清兵衛は思わずその旨を竜蔵に伝えてしまうが、動揺は全くみられなかった。忍び寄る影には、竜蔵の亡き父・虎蔵の因縁が深く関わっていて……。シリーズ第六弾。

時代小説文庫